KB089518

라비헴 폴리스 2049

박애진 소설

라비헴 폴리스
2049

폴라북스

추천의 말

"강경옥의《라비헴 폴리스》를 소설로 다시 만난다"는 소식을 듣고 나는 마음이 부풀었다. 좋은 리메이크는 원작의 매력을 충실히 재현하면서도 새 시대에 맞는 새 작품을 낳는다. 그리하여 기존의 팬은 물론 초면인 사람까지 매혹한다. 직접 읽은《라비헴 폴리스 2049》는 기대 이상으로 명료하게 만들어진 소설이었다. 배경이 되는 '라비헴'과 '라마스'의 모습은 작금의 문제의식을 반영하듯 높은 해상도로 구현된다. 박애진은 이 오래된 이름을 지닌 도시를 낯선 디스토피아로 신랄하게, 거침없이, 그리고 섬세하게 묘사한다. 소설에는 더러운 하수구, 용암 같은 분출, 비명처럼 들리는 규탄과 함께 그 안에서 어떻게든 삶을 꾸려가는 개인들의 눈빛이 가득하다. 원작보다 약간 더 나이를 먹은 주인공 '하이아'와 '라인'의 이야기는 어떤 독자에겐 반갑게, 어떤 독자에겐 흡인력 있게 다가올 것이다. 시간을 넘어 새롭게 이어지는 둘의 이야기가 이번에는 어떻게 당신을 끌어당길지, 몹시 기대가 된다.

―심완선 SF 평론가

차례

《라비헴 폴리스》
설정 소개

《라비헴 폴리스》 등장인물

하이아 라인

라비헴 교통국 경찰. 무슨 일이든 의심 없이 그대로 받아들이는 성격 탓에 종종 눈치 없다는 오해를 산다. 그러나 예리한 관찰력과 라비헴 경찰 내 최상위 사격실력을 갖춘 반전매력의 소유자.

라인 킬트

라비헴 교통국 경찰. 하이아의 선배이자 파트너. 차가운 성격의 소유자이나 하이아에게만은 예외다. 준수한 외모로 뭇 여성들의 마음을 흔든다.

레이 신

세계적인 남자 가수. 라인 킬트와 어릴 때부터 절친한 친구다. 라인 이 독립을 이유로 라비헴으로 떠 나자 큰 상실감을 느낀다.

하이드 엔젤

자유로운 성격의 소유자. 육체적 으로 연약해 강한 여성을 선호한 다. 모종의 이유로 하이아에게 접 근하지만 결국 진심으로 호감을 느끼게 된다.

헤렌 수이

하이아와 파트너가 될 뻔한 경찰. 라비헴으로 전근 오기 전 자신의 파트너와의 관계에 고민이 많았 다. 하이아를 통해 관계를 고찰하 며 내적 성장을 이루는 인물.

폴리 수이

헤렌 수이의 언니. 라비헴 아동보 호센터 지도 교사. 동생인 헤렌 과는 여러모로 상반되는 이미지 를 가졌다. 라인에게 호감을 품게 된다.

몬스타 국장

라비헴 경찰국장. 별명은 몬스타. 주로 하이아와 라인을 혼낼 때 등장한다. 부하를 혼내기 위해 퇴근도 기꺼이 미루는 열성 상사.

제안

라비헴 경찰. 경찰국 내에서 하이아와 가장 친한 동료. 하이아에게 조언을 아끼지 않는다.

유령은·위린 한

기자. 우연한 기회에 하이아와 라인에게 도움을 받으며 등장한다.

《라비헴 폴리스》 줄거리

2045년, 중립 도시 라비헴의 경찰인 하이아와 라인. 두 사람은 라비헴 시티에서 일어나는 크고 작은 사건들을 함께 해결하는 직장 동료이다. 사건 해결에 있어서 두 사람은 라비헴 경찰국에서 둘째가라면 서러울 최고의 상성을 자랑하는 파트너이지만, 연애는 좀처럼 쉽지 않다.

엄격한 아버지 밑에서 통제된 성장기를 보낸 탓인지, 자신의 감정에도 타인의 감정에도 무딘 성격의 하이아. 그리고 누구에게나 호감을 사는 외모를 가졌지만, 어린 시절 아버지의 죽음을 목격하면서 타인에게 마음의 문을 닫고 살아가는 라인.

라인은 타인의 마음을 재지 않고 있는 그대로 받아들이는 진솔한 성격의 하이아에게 동료 이상의 감정을 느끼게 되고, 계속해서 자신의 마음을 표현하지만 둘 사이의 관계는 이렇다 할 진전이 없다. 그러던 어느 날, 두 사람 앞에 하이아의 약혼자가 등장하고 설상가상으로 회사에서는 파트너가 교체되며 두 사람의 관계는 앞을 알 수 없게 되는데….

라비헴 폴리스
2049

하이아와 라인은 판자와 골판지, 과자나 가전제품 따위의 포장상자를 덕지덕지 붙여 만든 벽에 찢어지고 구멍 난 비닐을 뒤집어씌운 집으로 들어갔다. 오후 4시이나 창문이 없는 실내는 어두컴컴했다. 두 사람은 익숙하게 손전등을 켰다. 한눈에 보이는 가로세로 약 1.5미터의 집의 절반은 다 꺼진 아동용 매트리스가 차지했다. 거칠게 젖혀진 매트리스 아래에 옅게 땅을 판 흔적이 보였다.

"엊그제 받아와서 아직 두 장밖에 못 쓴 거예요."

20대이나 40대로 보이는 여자가 울먹였다. 등에는 젖먹이를 업고 있었고 오른쪽 다리에는 두 살배기 여자아이가 매달려 있었다.

여자가 잃어버린 건 식료품 배급표였다. 한 달에 한 번 나눠주는데 몸에 지니고 다니면 자칫 뺏기는지라 비닐에 싸서 매트리스 아래에 숨겨뒀다고 했다. 여자는 이웃집에서 애를 봐주면 배급표를 하나 준다는 말에 다녀왔다가 돌아와 보니 이렇게 되어 있더라고 했다.

작년까지는 등록제였다. 주에 한 번 등록증을 가지고 배급소에 가면 일주일치 물과 빵, 햄 따위의 식료품을 받을 수 있었다. 그러다 작년에 헨리 행크스가 시장에 당선되며 한 달에 한 번 종이 배급표를 주는 걸로 바뀌었다. 등록증 위조로 인한 문제, 현장에서 벌어지는 배급품에 대한 민원을 줄인다는 게 그 명분이었다. 배급표는 빠르게 현찰처럼 쓰이기 시작했다. 약, 담배, 커피, 술, 옷, 이부자리, 수저, 기타 무엇하고든 바꿀 수 있었다. 동시에 배급표 도난 사건이 끝없이 발생했다. 국제 구호단체인 푸른리본의 라마스 지점은 기존 방식으로 돌아가야 한다고 주장하고 있으나 당국은 배급표로 바꾸며 라마스 전담 직원을 줄일 수 있었고, 그로 인해 예산 절감 효과를 얻었다는 말만 반복했다.

하이아와 라인은 사진을 찍고 피해자 조사를 마친 뒤 이웃에게 탐문조사를 했으나 소득은 없었다.

"새끼여우들이 가져갔겠지."

앞집 남자가 심드렁하게 말했다.

"배급표를 재신청해 볼게요."

라인이 말했다.

"꼭 좀 부탁드려요! 전 애가 둘이에요."

여자가 울먹였다. 배급표 도난 사건에서 범인이 잡히는

일은 전혀 없다고 해도 무방했다. 그런데도 신고한 건 경찰이 도난으로 인정할 경우 배급표를 재발급 받을 수 있기 때문이었다.

"노력은 해볼게요."

하이아가 무겁게 말했다. 배급표를 재발급해주는 건 200~300건 당 하나에 불과했다.

여자가 젖먹이를 앞으로 안으며 그들에게 보였다. 아이의 얼굴에 열꽃이 피어 있었다. 깨끗한 물을 구할 수 없는지라 라마스 사람들은 후두염에 시달렸다. 라인은 상비약을 건넸다. 약 포장지 안에는 슬쩍 넣어둔 사탕과 초콜릿이 들어 있었다.

"감사합니다!"

하이아와 라인은 짧은 인사를 마치고 발을 옮겼다. 오늘 벌써 21건째 도난 신고였다. 골목은 지상에 지은 개미굴처럼 복잡한데다 사람 한 명이 겨우 지나갈 만큼 비좁았다. 집들은 벽을 공유하며 따개비처럼 다닥다닥 붙어 있었고 어디가 문인지 가늠하기 어려운 걸 넘어 집과 길의 경계가 모호했다. 마찬가지로 집에 앉은 건지, 거리에 앉은 건지 구분하기 어려운 사람들이 곳곳에 포진해 있었다. 오래 전에 버려진 화분처럼 널브러진 그들에게서는 그 어떤 생기도 보이지 않았다. 말 그대로 아직 죽지 않았을 뿐인 사람들이었다.

실내와 실외, 사용하는 물건과 버려진 물건, 산 자와 죽은 자의 경계가 뒤섞여 흡사 쓰레기가 모여 탄생한 게임 속 거대 괴물을 연상시키는 이곳은 본디 '라마스청정은빛물공원'

이 될 예정이었다. 인공 개천은 식수로 쓰이다 배설물, 쓰레기로 오염되어 파리와 모기, 구더기가 들끓었다. 사람들은 페트병에 자갈 따위를 넣은 조잡한 정수기로 그 물을 걸러 마셨다. 산책로를 따라 심었던 정원수는 집을 짓거나 땔감으로 쓰느라 모두 베어졌다. 화장실이 없어 사람들은 플라스틱 병을 요강으로 썼다. 멀리 내다버리는 사람도 있었지만 대부분 적당히 근처에 비웠다. 아이들은 아무데서나 볼일을 봤다.

라마스청정은빛물공원은 라마스헤븐스카이포소 아파트 단지와 함께 조성된 공원이었다. 포소 건설에서 착수한 아파트 단지 공사였으나 회사가 부도나며 중단되었다. 그 뒤 방치된 부지에 오갈 데 없는 사람들이 터를 잡기 시작했다. 곧 인접 국가에서도 가출한 아이들, 노숙인들이 찾아 들었다. 15년이 지난 지금 학자들의 용어로는 메가슬럼, 일반인들은 빈민굴, 신문 등에서는 라마스라고 부르는 곳이 되었다.

라마스에 사는 사람들의 수는 정부 공식으로는 15만 명, 푸른리본에서는 최대 50만 명까지 추정했다. 라마스를 순찰하는 현장 경찰들은 최소 40만 명이리라 생각했다. 공원과 골프장으로 조성하려던 약 2만 평, 대략 축구장 10개 크기에서 40만 명이 밀집해서 살고 있었다. 살던 사람이 소리 없이 사라져서, 비를 못 견뎌서, 싸움이 벌어져서, 불이 나서, 집들은 끝없이 부서지거나 새로 지어져 골목의 지도를 만드는 건 불가능했다. 이 구역 자체가 생물처럼 끝없이 변화했다.

라마스를 아우르는 도시 라비헴은 달 왕복선 선착장이 있는 인구 3,500만의 메가시티이자 중립도시로 특정 국가에 속하지 않았다. 라마스는 가족의 수치로 취급 받는 망나니 자식처럼 라비헴의 어두운 구역이었다.

처음 라마스 지구에 온 경찰, 사회사업가들은 하나같이 경악했다. 사람이 사는 곳이라고 생각할 수 없는 홍수나 화재, 전쟁이 휩쓴 잔해처럼 보였다. 사진과 영상으로 사전에 교육을 받고 와도 두 눈으로 목격하는 충격은 달랐다. 냄새는 애초에 사전 교육이 불가능했다. 라마스에 출동한 경찰들은 두통을 호소했고, 몇 걸음 걷지 못하고 토하기 일쑤였다. 사람들의 옷과 머리카락에서 이가 기어 다니는 모습이 보였다. 해충 방지제를 몸에 뿌려도 라마스를 다녀온 날이면 어김없이 모기에 물렸는데 다들 도심에서 물릴 때와 달리 병이라도 걸릴까 노심초사했다. 한 번 들어가면 최소 4~5시간은 순찰을 돌아야 하는 지라 라마스에 가기 전에는 커피나 물을 자제했다. 신입 경찰 중에는 다시는 못 가겠다고 차라리 사표를 내겠다는 이들도 있었다.

냄새 때문에 많은 경찰들이 특수 마스크를 쓰거나 심한 경우 방독면을 쓰고 들어갔다. 하이아와 라인은 한 달 정도 특수 마스크를 쓰다 벗었다. 마스크로 가려질 냄새가 아니었을뿐더러 라마스 주민들은 경찰, 그것도 마스크를 쓴 이들에게는 결코 마음을 열지 않았다.

판자촌을 나온 그들은 경찰 에어카에 올랐다. 두 사람의 다음 목적지는 라마스헤븐스카이포소 아파트 단지 17동

3003호였다.

아파트 단지도 각종 쓰레기로 더럽긴 마찬가지였지만 그래도 집과 거리가 구분된다는 점에서 판자촌보다는 월등히 나았다. 에어카나 하이플라이도 들어올 수 있었다. 판자촌에서 오는 사람들을 막기 위해 아파트는 유리조각을 끼운 옹벽이 둘러싸고 있었다. 아파트 단지는 라마스를 벗어나는 지름길이었다. 판자촌에 사는 이들은 먼 길을 빙 돌아야 했다.

5동까지는 거의 완공 상태였고, 17동까지는 싱크대와 변기, 전등이 설치되었고, 25동까지는 뼈대만 올라와 있었다. 전기와 수도는 들어오지 않으나 적어도 집의 모양새는 갖추었고, 17동까지는 물탱크가 설치되어 비가 오면 고층은 잠깐이나마 수도를 쓸 수 있었다. 아파트 단지에 사는 사람들은 라마스에서 부유층에 속했다. 5동까지 사는 이들은 아파트 단지를 지배하고 있는 갱단으로 입주자들에게 세를 걷었다.

17동 3003호는 5년 전 생긴 공동체로 일곱 명에서 열한 명까지 가구 수는 변동이 있었다. 현재는 여덟 명이었다. 14평형에 여덟 명이 산다는 건 제법 여유가 있다는 소리였다. 15세 이상인 여섯 명은 모두 여자였다. 이들은 엄격한 규칙을 유지했다. 여기서 태어난 사내아이를 제외하고 남자는 집안에 들이지 않았다. 남자친구가 생기면 밖에서만 만나거나 남자의 집으로 거처를 옮겼다. 매춘은 절대 금지였으며 매주 한 번씩 기도 모임을 열었다. 등록제가 종이 배급제로 바뀐 뒤로는 아예 새 입주자를 받지 않았다.

창문을 대신해 테이프로 이어 붙인 투명 아크릴을 통해 들어온 빛이 실내를 비추었다. 빗물받이와 커튼을 달았고, 식탁에는 식탁보가 의자에는 깔개가 씌워져 있었다. 얼핏 보면 평범하고 아늑한 집이었다.

"와주셨군요!"

스물다섯 살인 세라가 품에 갓 백일이 지난 아이를 안은 채 그들을 반겼다.

"잘 지냈어요? 아이가 많이 컸네요."

라인이 자기 이름을 따서 지었다는 아이를 보며 말했다. 차마 이름을 부르지는 못했다. 이들이 왜 그의 이름을 따서 아이의 이름을 지었는지 익히 짐작하는 탓이었다.

집에는 갓난아기 라인, 엄마인 세라를 포함해서 세 명이 있었다. 다른 이들은 일하러 나간 모양이었다. 이들이 이 정도나마 꾸미고 사는 건 젊고 건강해서 일자리를 얻을 수 있기 때문이었다.

이들은 로봇이 아닌 사람 직원에게 서빙을 받는 콘셉트로 운영하는 고급 식당에서 파트타이머로 일하거나, 토호 거리에서 미용사, 청소, 아이 보기 등등 구해지는 대로 일했다. 사실상 비공개 채용이라 최저임금의 반밖에 받지 못하지만 그래도 그 돈이 제대로 된 지붕이 있는 곳에서 살 수 있게 하는 힘이었다.

"누가 억지로 자물쇠를 뜯으려고 했어요."

세라가 말했다.

현관 잠금장치는 열쇠와 자물쇠로 된 아날로그식이었다. 전기가 들어오지 않는 집에서 살고, 건전지를 사는 것 또한 사치인 이들에게는 아날로그가 더 나았다.

공구를 꺼낸 하이아가 문을 고쳤다. 라인은 이들에게 어떻게 지내는지 물었다. 세라가 아이가 아프다고 했다. 라인은 상비약을 주었다. 이들 중 출생신고가 되어 배급표를 받는 이는 3인으로 매달 90장이었다. 그 중 80장이 이 집의 월세였다. 일해서 버는 돈의 3할은 화장실과 생수 값으로 나갔다. 남은 배급표 10장과 7할의 급료로는 겨우 끼니만 때울 뿐, 병원비나 약값을 감당할 정도는 못 되었다.

라마스와 라비헴 중심가의 경계에 있는 토호 거리에 이들에게 돈을 받고 화장실이나 세탁기를 쓰게 해주는 사람들이 있었다. 밖에서 일하는 이들만이 거기서 씻고 옷을 빨았고 나머지는 빗물받이로 모은 물로 며칠에 한 번 얼굴과 손만 닦았다.

하이아와 라인은 이들이 사람답게 살기 위해 얼마나 고군분투하는지 알고 있었다. 토호 거리에서 버려진 옷과 이불 따위로 커튼과 방석, 옷을 만들며 필사적으로 집을 가꿨다.

"다 고쳤어요. 다른 데는 괜찮아요?"

하이아가 물었다.

"네, 일단은요. 저 그런데 파리들 말이에요, 집안도 막 엿본다는 데 진짜예요? 집에서 옷 갈아입는 장면도 다 찍어요?"

세라가 묻자 방에 있던 이들의 이목이 두 사람에게 집중되었다.

내일부터 경찰의 순찰 업무가 중지되고 대신 비행형 극소 감시카메라가 라마스 지구를 순찰한다. 청소기부터 경찰용 로봇까지 만드는 세바스찬사社의 제품으로, 정식 명칭은 테리였으나 모두 파리라고 불렀다. 얼핏 보면 정말 파리 같았고 소리도 비슷했다.

"실내로는 들어오지 않을 거예요."

"들어오면요?"

"걱정하지 마세요. 실내로는 들어오지 않도록 프로그램 되어 있어요."

되어 있다고 세바스찬사에서는 주장합니다, 라는 말을 라인은 입속으로 삼켰다.

"라마스에서 실내와 실외를 구분하는 게 가능하기는 해요? 겨우 지붕만 얹고 사는 사람들도 있는데요?"

"무서워서 환기는 어떻게 해요?"

3003호 거주민들이 앞다투어 질문했다.

"문제가 생길 경우 신고처에 신고해요."

라인은 단내 나게 반복한 답을 하고 나왔다.

"자작극 같지?"

에어카를 향해 걸으며 라인이 말했다.

"8할 정도. 애가 아프니 약도 필요하고 테리에 대해서도 물어보고 싶었겠지."

하이아가 대꾸했다.

"오늘이 마지막인가….”

라인의 표정이 복잡해졌다.

라마스에 테리를 투입하는 건에 대해서 라인은 반대하는 입장이었다. 3003호 주민들에게는 매뉴얼대로 대답했지만 테리는 분명 과도한 사생활 침해를 일으킬 우려가 있었다. 테리가 실내로 들어오는 등의 문제가 발생할 경우 증강폰으로 신고해야 했다. 라마스에 사는 이들 중 증강폰을 가진 이는 500명에 한 명 정도로, 그나마 아파트 단지 사람들이 대부분이었다. 판자촌에서 문제가 생길 경우 주민들은 순찰을 도는 경찰을 붙들고 신고와 하소연의 경계를 오가는 말을 쏟았다.

"루나가 만나재요."

허리 즈음에서 목소리가 들렸다. 라인이 내려다보니 열한 살 정도 난 아이였다. 라인은 쓴웃음을 지었다. 라마스에 들어온 경찰은 그들을 감시하는 눈에서 자유롭지 못했다.

그들은 에어카에 올랐다. 얼마 가지 않아 영화나 드라마에서나 나오는 옛날 시골 같은 풍경이 펼쳐졌다. 계획해서 지은 단지처럼 단층집들이 일정한 구획으로 놓여 있었다. 텃밭과 땅을 파서 만든 공용화장실도 보였다. 분뇨는 거름으로 쓰였다.

판자촌이 라마스의 극빈층, 아파트가 부유층이라면 루나 지구라고 불리는 이곳은 중간지대라고 할 수 있었다. 약 칠천 명이 모여 사는 곳으로 조를 짜서 밤낮 없이 순찰을 돌았다. 싸움이 일어나면 재판을 열었고 절도, 지나친 음주, 마약 사용 및 판매는 추방죄였다. 그 역시 재판과 주민투표로 진행되었다.

하이아와 라인은 지난 몇 년간 마을이 성장하는 모습을 봐 왔다. 초창기에는 못과 망치, 모종 등을 구해다 줬으나 곧 그럴 필요가 사라졌다. 마을은 스스로 자생해 나갔다.

"이층집이 생겼어."

라인이 놀란 표정으로 말했다. 이층집은 1층이 단단한 구조로 받쳐줘야 해서 건설이 쉽지 않았다.

"넓이로는 한계에 도달했으니…. 용케 자재를 구했네."

하이아가 고개를 주억거렸다.

"루나 지구에서 살고 싶어 하는 사람은 많아. 어떻게든 받을 방법을 찾고 있는 거군."

둘의 고개가 야트막한 언덕에 일군 밭 어느 즈음에 서 있는 인영에게 꽂혔다. 먼 거리에서도 사람의 이목을 집중시키는 이, 루나였다. 하이아와 라인은 고랑을 따라 발을 놀렸다.

헐렁한 셔츠와 바지를 입은 루나는 마을에서 일하는 사람 중 한 명인지, 마을인지, 라마스인지, 혹은 라비헴을 전체적으로 바라보는지 알 수 없는 시선으로 꼿꼿하게 서 있었다. 바람이 가늘고 풍성한 백발을 솜사탕처럼 흩날렸다. 각진 턱에 깊게 파인 눈은 금욕적인 분위기를 풍겼다. 루나에게는 고난에 처한 이들을 보듬는 성자와 압제에 맞서 싸우는 투사의 모습이 공존했다. 삶의 끝에 몰려 라마스로 떨어진 게 아니라 그들의 편에 서기 위해 스스로 벼랑에서 뛰어내린 이처럼 보였다. 루나의 본명과 나이는 알려지지 않았다. 외모로 보아 40대 후반에서 50대 중반까지로 추정할 뿐이었다.

"잘 지내셨습니까?"

라인이 인사했다.

"여기가 잘 지낼 곳은 아니지. 바빴겠군."

루나가 건조하게 말했다. 하이아와 라인이 유독 지쳐 보인 걸로만 짐작한 건 아니었다. 사람 경찰이 순찰하는 마지막 날이었다. 많은 이들이 없는 사건도 만들어내 그들에게 매달렸다. 라마스 거주민에게 우호적인 경찰이 주는 의약품, 옷가지, 음식 따위 때문이었다.

"테리는 우리가 더 떨어질 곳이 있다는 걸 증명하며 우릴 더더욱 무력하게 만들 걸세. 스스로는 신고할 방법 자체가 막히는 거니까. 라비헴이 바라는 바야. 사람이 아닌 처리해야 할 대상으로 전락시켜야 다루기 편해지지. 여기에서는 매일 아이들이 죽어 나가. 정확한 통계조차 나오지 않고 있어. 그런데 라비헴에서는 단 한 아이 때문에 우리 전체를 퇴치해야 할 전염병 취급하는군."

지척에서 보는 건 몇 달 만인데도 조금 전 하던 대화를 이어하는 투였다.

지난 달 라비헴에서 두 살 난 아이가 장티푸스로 죽었다. 라비헴에서 장티푸스로 사람이 죽은 건 34년 만이었다. 아이의 어머니는 라마스 순찰 경찰이었다. 그 일은 라비헴 전체에 공분을 불러일으키며 테리를 도입시키는 데 결정적인 역할을 했다.

"자네들, 단 한 번이라도 라마스 안에서 뭘 먹은 적 있나?"

루나의 말은 질문이 아닌 날 것 그대로의 분노였다. 그 어떤 경찰도, 사회복지사도, 시민 단체 일원도, 라마스에서는 절대 아무것도 먹거나 마시지 않았다. 장티푸스는 오염된 물과 음식물을 섭취했을 때 발병했다.

"그 아이가 죽은 게 라마스의 세균 때문이라고? 좋아, 그렇다 치지. 그럼 이곳의 아이들은? 상하수도 설비만 해줘도 애들이 그렇게 죽어나가진 않을 걸세. 이곳의 아이들은 장티푸스, 후두염, 설사로 매일 같이 죽어가. 경찰이 와서 제대로 해결하는 유일한 일이 시체 처리 아닌가."

발견되는 시체는 대부분 신원 미상이었고 10세 미만이 거지반이었다. 영유아나 낙태된 아이의 시신이 플라스틱 봉지에 담겨 있는 일도 비일비재했다. 대부분 소각된 후 1년간 보관되다 가족이 나타나지 않으면 수목장이란 이름하에 버려졌다.

"저도… 테리를 찬성했던 건 아닙니다."

라인이 괴롭게 말했다.

루나가 말한 부분은 라인도 인지하고 있었다. 그러나 한편으로는 테리 투입에 안도했던 것도 사실이었다. 순찰을 돌 때마다 적으면 20~30건, 많으면 40~50건의 사건을 접수했다. 하지만 그중 해결되는 건 100~200건 당 한두 건에 불과했다. 과도한 업무보다 애초에 해결할 수 없는 일을 반복하는 게 시지프스가 된 듯한 무력감을 안겼다. 적어도 테리가 있다면 절도, 폭행, 성폭행 사건들은 범인을 잡을 수 있지 않을까? 예방의 효과도 있지 않을까?

"보자고 하신 이유는요?"

하이아가 물었다. 그와 라인은 꾸준히 라마스에 상하수도 설비를 해야 한다고 윗선에 보고하고 있으나 답은 내려오지 않았다.

"좀 걷지."

루나가 몸을 돌렸다. 그들은 언덕 꼭대기에 올랐다. 집, 텃밭, 일하는 사람들, 신발도 없이 뛰어다니는 아이들이 뭉게구름처럼 풍경으로 화했다.

"라마스는 마약, 성범죄, 성병, 전염병의 온상으로 취급받지. 살기 위해 팔 수 있는 게 몸뿐인 이들이 있으니까. 그런데 마약은? 누군가 라마스 사람들을 마약 운반책으로 쓰고 있어."

밤중에 차의 헤드라이트가 도로를 훑으며 지나가듯 루나의 시선이 하이아와 라인을 훑었다.

"자네들도 짐작하고 있었군. 나도 의심하고 있었고?"

하이아와 라인에게서 읽히는 건 없었다. 그러나 루나의 어조에는 확신이 담겨 있었다.

"그렇지 않습니다."

라인이 대꾸했다.

"그게 정말이라면 실망했을 걸세. 라비헴에는 두 세력이 있어. 성매매를 알선하고 마약을 운반시켜 돈을 버는 자들, 우리를 쓸어버리고 이 땅을 차지하려는 자들. 난 테리를 반대하지만, 자네 같은 경찰들이 여기서 순찰을 도는 건 낭비라고 생각해. 테리는 갈 곳 없는 사람들을 이용해 돈을 버는 자들, 우릴 라비헴의 수치로 여기고 지워버리려는 자들을 막으려는 의지를 가진 경찰들이 다른 일을 하게 해 줄 테니까."

"마약 재배지를 아십니까?"

하이아가 물었다. 루나의 시선이 마을에서 먼 곳으로 갔다. 침엽수가 울창한 산이었다. 라비헴만이 아니라 인근 도시를 통틀어 유일하게 100년 이상 된 나무가 남아있는 곳이었다.

"개발제한구역이라 하나 여기 사람들이 그걸 따질 처지인가? 그런데 아직 멀쩡해. 몰래 땔감을 구하러 간 이들 중 돌아온 이가 없다나? 테리가 저기서 뭘 찾아내려는 시늉은 할까? 그렇다면 테리를 믿을 수 있다는 소리겠지."

반어법처럼 들리는, 전혀 기대하지 않는 말투였다.

"보게."

아직 어둠이 깔리기 전인데도 구름을 뚫을 듯 솟은 마천루에서 불빛이 점멸했다. 상공에서 흉악하게 생긴 외계인이 나타나 가상의 도시를 무차별로 파괴했다. 로봇이 출동해서 외계인을 제압했다. 구원받은 시민들이 환호성을 질렀다. 사무실에서 로봇을 조종하던 조종사가 손을 들어 화답했다. 4D 영화를 보듯 생생한 홀로그램 광고였다. 허공에 쏘는지라 라비헴 바깥에서도 보였다.

지금 지원하세요.

활기찬 음성을 마지막으로 광고가 끝났다. 라마스 전담국 모집 광고였다. 라마스 전담국은 경찰국과는 별도의 조직으로 얼마 전 창설되었다. 성인이라면 성별, 연령, 인종, 장애 유무와 상관없이 누구나 지원할 수 있었다. 영화처럼 스토리를 가진 광고 여섯 편이 제작되었는데 크게 세 종류였다. 하나는 조금 전에 나왔던 젊은 층을 겨냥한 광고로 안전한 사무실에서 로봇을 조작해 범죄자를 잡는 내용이었다. 게임처럼 연출했고, 액션 영화를 연상케 하는 박진감 넘치는 음악이 나왔다. 두 번째는 젊은 층의 부모를 노린 광고로, 온종일 헤드기어를 끼고 빈둥대던 백수 자녀들이 경찰이 되자 언행이 반듯해지고, 게임하며 노느라 익힌 헤드기어 기술이 직업적으로 쓰일 수 있다는 내용이었다. 마지막은 노인과 장애인을 대상으로 해, 소외되던 그들이 사회에 꼭 필요한 일원이 될 수 있다는 점을 강조했다. 나이가 몇 살이든 분당 인터페이스 조작 속도만 기준점을 통과하면 되었고, 장애인에게는 장비 지원금을 지급했다. 어느 광고든, 어떻게 포장하든, 영상 속 범죄자는 라마스 주민이었다.

삼투압 현상처럼 루나의 감정이 하이아와 라인에게 스며들었다. 자신들을 게임에서 몬스터를 사냥하듯 처리하는 광고를 보는 사람들의 심정은 어떠할까? 전기와 수도가 공급되지 않는 곳에서 라비헴의 호화찬란한 야경은 대기권 바깥에서 보는 지구의 풍경처럼 비현실적이었다. 그러나 실상은 에어카로 30분 거리였다. 이어 곧 열릴 홀로그램 가수들의 대규모 공연 홍보 영상이 창공을 수놓았다. 비현실적으로 아름다운 홀로그램 가수들이 지나간 자리를 의복, 전자동 청소로봇, 화장품, 향수, 에어카, 영화, 드라마 광고가 이어받았다. 호화로운 광고는 쉼 없이 몰려오나 일정 거리 이상은 절대 오지 않고 도로 사라지는 파도와 같았다. 분노, 절망, 체념이 모래 위에 새겨졌다가 무력하게 지워졌다. 어쩌겠는가….

"기본적인 집기와 도구만 줘도 여기에 집을 일구고, 가게를 열어 상권을 만들며 살아갈 수 있지. 바로 이 마을이 그 증거야. 하다못해 짓다 만 하수구 공사를 끝내주기만 해도 사망률을 낮출 수 있네. 포소 건설은 라마스헤븐스카이포소 아파트를 지으며 라비헴에서 막대한 지원을 받았으나 입주 신청자는 적었지. 중심가에서 먼 곳인데 요란하게 짓느라 가격이 비쌌으니까. 그래서 파산하며 이 지역은 완전히 죽어버렸네. 포소에 지원한 금액의 1/100만 지원해도 우리는 살아갈 수 있어. 그런데 꼼짝을 하지 않지. 그들은 우리가 존재하지 않는 양 숨죽이고 살길, 안락하고 편안한 자기들의 삶에 걸림돌이 되지 않길 바라."

루나는 마치 엄격한 스승처럼 하이아와 라인을 바라보았다.

"전 세계의 모든 메가시티가 메가슬럼을 밟고 서 있어. 하지만 여기도 라비헴이고 우리도 라비헴 시민이야. 시市는 이곳을 살만하게 만들고, 우리에게 일자리를 줘야 해. 우리도 라비헴 시민답게, 사람답게 살아갈 권리가 있어."

준엄한 루나의 목소리가 어느덧 서늘해진 밤공기를 갈랐

다. 어둠이 내리며 그 반동만큼 라비헴에서 쏟아지는 불빛이 더 강해졌다. 라인이 팔목을 내밀었다. 3년을 알아온 루나의 얼굴에서 처음 보는 표정이 스쳤다. 루나도 팔목을 마주 뻗었다. 두 사람의 손목에서 증강폰이 짧게 진동했다.

하이아가 굳은 얼굴로 에어카를 이륙시켰다.

"개인 번호를 주면 어떡해? 규정 위반이야."

"의약품을 주는 것도 그렇지."

라인이 문득 생각난 듯 물었다.

"너는 왜 의약품을 줘? 헤렌은 약이나 먹을 걸 주는 행위가 이들이 의약품을 바라서 허위 신고를 하는 비율을 늘리고 아이들을 구걸하게 만든다고 펄펄 뛰지."

"너는 왜 주는데?"

"라비헴의 아이들은 구걸하지 않아. 그럴 필요가 없으니까. 우리가 주기 때문에 허위 신고와 구걸을 하는 게 아니야. 약과 먹을거리를 구할 다른 방법이 없어서야."

라인은 하이아의 답을 기다렸다. 하이아는 어깨를 으쓱했다.

"이들은 약이 없고, 난 약을 줄 수 있어. 그게 다야. 하지만 개인 번호는 달라."

"누군가 이들을 마약 공급책으로 쓰고 있는 건 사실이야. 지난 몇 년간 라비헴에 들어오는 마약 수가 가파르게 증가하고 있어. 내부에서 같이 조사할 사람이 필요해."

팔짱을 끼고 무언가를 생각하던 하이아가 불쑥 말을 뱉었다.

"아까 우리가 왜 라비헴을 봤을까?"

"루나가 보라고 했잖아."

"아니, 루나는 그냥 '보게'라고만 했어. 그건 마을이든, 하늘이든, 나무든, 어디든 될 수 있는 말이었지. 그런데 우린 라비헴을, 정확히 라비헴과 라마스의 차이를 봤어. 루나는 사람들이 자기 의지를 따르게 해."

라인은 턱을 끄덕였다. 루나의 말과 미세한 몸짓에는, 앙상한 몸에 천 조각 하나만 걸쳤을 뿐인데도, 혹은 바로 그렇기에 절대적인 추종을 불러일으키는 힘이 있었다. 내부에서 정보를 줄 사람이 필요했던 건 사실이나 루나가 믿을 만한, 믿고 싶은 사람이라는 감정이 있기 때문에 개인번호를 줬다는 걸 라인은 부정할 수 없었다.

"종교 지도자 같은 느낌이 있지. 역사에 남은 종교 지도자는 수많은 사람들이 그의 신념을 행동으로 옮기게 할 만큼 선동가이기도 해. 마약 관련해서 루나를 의심해?"

"완전히 믿지는 않겠다는 거야."

"그래, 누구든 의심해야 하는 게 우리 일이니까."

사이를 둔 라인이 뒷말을 이었다.

"조금 전 루나는 꽤 교조적이었지. 우리 앞에서는 대놓고 그런 식으로 군 적 없어. 아마도 오늘이 경찰이 순찰을 도는 마지막 날이기 때문이었겠지."

"우린 이제껏 라마스 사람들에게 우호적이었으니까. 가진 수란 수는 다 꺼내 보일 만큼, 나름대로 절박했다?"

에어카는 어둠이 없는 도시로 진입했다. 경찰국에 도착할 때까지 두 사람은 각기 생각에 침잠했다.

"아버님 만나는 날이 내일이지?"

라인이 확인하듯 물었다.

"응."

"저녁 약속이니까 그 전에 둘이 먼저 볼까? 마지막으로 데이트를 한 게 언젠지 까마득해."

하이아는 표정이 건조한 편이었다. 하지만 라인은 그의 얼핏 똑같아 보이는 표정의 차이를 읽었다. 지금 하이아의 표정은 '데이트는 둘이 같이 시간을 보내는 거고, 계속 같이 있었잖아'였다.

"모처럼 게임센터 어때?"

라인이 구체적으로 제안했다.

"좋아."

하이아의 입가에 미소가 번졌다. 라인은 허리를 숙여 그에게 가볍게 키스했다.

"어? 어어어?"

막 에어카를 착륙시키고 내리던 짐이 입을 떡 벌렸다.

"너희 마침내 사귀는 거야? 라인, 해냈구나!"

같은 에어카에서 내린 제안이 짐의 등을 쳤다.

"저 둘은 3년째 연애 중이네."

"3, 3년이라고?"

짐이 입을 떡 벌렸다. 라인이 하이아를 짝사랑한다고 생각하던 짐은 제안이 농담을 했다는 말을 기다리며 하이아와 라인을 번갈아 바라보았다.

"진짠데…."

하이아가 말했다.

"흐어어어억?"

짐이 경천동지할 말을 들었다는 얼굴을 했다. 라인은 복잡한 기분이 들었다. 전에도 이런 반응을 보인 사람들이 있었지만 무려 2년을 같은 3팀에서 근무한 짐마저 몰랐다니….

이렇게까지 애인으로 안 보인다고?

라인은 하이아의 손을 잡았다. 맞잡는 아귀힘이 느껴졌다. 그가 애정표현을 했을 때 하이아가 거부하는 일은 없었다. 하지만 먼저 하지는 않았다. 이런 고민할 때는 지났지. 그는 잡생각을 털어냈다.

3팀 내 각기 자기 자리에 앉은 라인과 하이아는 오늘 들은 신고를 접수했다.

"작작 해라. 너희가 우리 3팀 사건 종결률 다 깎아먹는다."

건너편 자리에 앉으며 제안이 투덜댔다.

증강폰을 통해 신고하지 않으면 기록에 남지 않았다. 즉, 구두로 신고 받은 내역을 접수하는가 마는가는 경찰의 재량에 달려 있었다. 라마스 사람들에게 붙들려 사건 신고를 받은 경찰들은 면피용으로 일부만 접수했다. 해결할 방법이 없는데다 시간도 부족했다. 신고 받은 사건을 기록하고 접수하는 데에만 온종일이 걸렸다. 3년 전 라마스 구역 순찰을 돌기 시작한 이래 하이아와 라인은 휴일까지 반납하며 일에만 매달려야 했다. 둘이 따로 보내는 시간이 없어진 결정적인 이유였다.

"오늘이 마지막이잖아. 이러든 저러든 라비헴은 범죄율 1위야. 지니계수도 0.81로 빈부격차 1위, 물가 상승률 1위."

짐이 말해봐야 입만 아프니 놔두라는 듯 말했다.

"난들 하기 싫어서 안 해? 그러다 진짜 사건을 놓친다고. 라비헴 경찰국에 먼저 들어온 건 너희인데 헤렌 수이가 먼저 팀장으로 진급했잖아. 억울하지도 않아?"

제안이 물고 늘어졌다.

"억울해?"

뾰족한 음성이 들렸다. 식겁한 제안이 모니터로 시선을 박았다. 목소리의 주인공은 헤렌 수이였다.

"딱히…."

하이아의 어조는 무심했다.

"내일부터는 테리가 있으니 너희도 진짜 사건에 투입될 수 있을 거야."

헤렌 수이가 '진짜'를 강조하며 말했다.

"진짜 사건이라는 건 뭐지?"

다른 사람이라면 공격적인 소리로 들릴 수 있으나 헤렌 수이는 하이아가 말 그대로 묻는 것이라는 걸 알았다.

"뭐야, 우리는 일 대충한다는 거야? 입력시킬 시간조차 부족하다고!"

제안이 발끈했다.

"내 말이 그렇게 들려?"

하이아가 의아함을 담아 물었다. 바로 반박할 말이 떠오르지 않은 제안이 입만 벙긋댔다.

"해결할 방법이 있는 사건을 말하는 거야. 라마스에서 벌어지는 사건은 해결이 불가능해. 설사 목격자가 있어도 발설하지 않지. 보복이 두려워서면 그나마 낫게? 남의 일에 간섭할 의사가 전혀 없는 거야. 누가 맞든, 죽든, 배급표를 도난당하든 남 일이지. 테리는 무법지대인 라마스에 질서를 가져올 거야."

헤렌은 전부터 라마스에 무인 감시 시스템을 도입해야 한다는 주장을 펴왔다.

"솔직히 여기서 라마스에서 벗어나서 살 것 같다는 기분, 느끼지 않는 사람 있습니까? 처음에는 저도 그랬죠. 그런데 순찰 돌고, 신고 받고, 조사하고, 접수하고 나면 새벽 서너 시예요. 집에 가서 씻고 두세 시간 눈 붙이면 다시 출근 시간이죠. 접수하는 데에만 시간이 다 가는데, 기껏 접수를 해도 사건을 조사할 방법은 있나요? 사건 번호만 새로 붙이면 그뿐인, 비슷한 도난, 폭행, 강도 사건이잖습니까? 기껏 하는 일이라고는 시체 치우기… 그것도 애들, 탯줄이 그대로 붙어 있는 갓난아기들을…. 이러려고 경찰이 된 게 아니란 말입니다."

신입 경찰이 볼멘소리를 냈다.

"그럼 뭘 하고 싶었는데?"

하이아가 물었다. 이번에도 단순한 질문이었으나 신입은

어리둥절한 얼굴을 했다.

"그야…."

"그래도 라마스에 경찰 투입을 아예 중지하고 테리로만 대체하는 건 난 좀 그래. 모니터로 감시하다 진압로봇으로 체포하는 건 뭐랄까, 비인간적인 기분이 들어."

짐이 끼어들었다.

"그래서 결혼을 하기는 해? 약혼한 지… 보자, 3년 아냐?"

수시로 반복되는 이야기에 종지부를 찍듯 헤렌이 화제를 돌렸다.

"약혼을 했다고? 그것도 3년 전에?"

짐이 더 놀랄 게 남았을지 몰랐다는 듯 소리쳤다.

"결혼해요? 돈 좀 모았나 보네요. 난 돈 모여도 안 할 거지만…."

신입의 말이었다. 결혼은 옷을 사 입을 정도로 돈이 많은 사람들이나 할 수 있는 호사라고 생각하는 신입이었다.

"이제 시간이 나니 할 수 있겠네."

제안이 빈정거렸다. 헤렌이 그만하라는 눈빛을 보냈다. 그러면서 테리 도입이 잘된 일이라는 걸 재차 확인했다. 매일 수십 건씩 해결되지 못하는 사건을 가지고 돌아오는 건 사기에 치명적인 악영향을 미쳤다. 피로가 쌓이며 팀원들 간에 크고 작은 말다툼도 잦아졌다. 라인은 강인한 구석이 있어서, 하이아는 둔함과 우직함 사이를 오가는 성격이기에 버텨내는 거였다. 덕분에 3팀은 불화가 적은 편이었다. 다른 팀에서는 사소한 일로 멱살잡이까지 가서 징계를 받은 경찰들이 있었다.

툭툭 오가던 대화가 끊긴 공백을 타이핑 소리가 대체했다. 새벽 1시였다. 짐은 일하는 사이사이 하이아와 라인을 힐끔거렸다. 하이아와 라인이 약혼까지 한 사이였다고? 라인이 하이아를 좋아하는 낌새를 챈 뒤에도 뜻밖이라고 생각했었다. 라인이 왜 하이아를?

라인은 날카롭고 이지적인 인상의 미남이었다. 경찰을 할 외모가 정해져 있는 건 아니지만 경찰복을 입고 있기에는 아까웠다. 심지어 레이 신과 친구라고 했다. 오리지널 홀로그램 가수와 죽은 뒤 홀로그램으로 재탄생한 가수들 사이에서 드물게 인간으로서 최정상 스타 자리를 지키고 있는 가수였다. 처음 그 이야기를 들었을 때는 끼리끼리 모인다는 게 진짜구나, 했다. 같은 팀만이 아니라 다른 부서에서도 라인을 노리는 여자 경찰들이 있었다고 들었다. 남에게 워낙 곁을 주지 않는 성격인 데다 하이아를 좋아하는 기색을 감추지 않아서 대부분 알아서 포기했지만 말이다.

하이아는….

요모조모 뜯어보면 귀여운 인상이기는 했다. 피부는 맑았고 입 밖에 내뱉었다가는 자칫 큰일날 소리지만 여성스러운 느낌의 긴 금발머리가 잘 어울렸다. 막상 당사자는 여성스러워 보인다는 말에 신경도 안 쓸 텐데….

그렇지만 도무지 여자로 보이질 않는다는 말이지.

잘생겼는가, 예쁜가, 평범한가에 상관없이 이성이라는 느낌이 확연히 오는 사람이 있다. 하이아는 가만히 보면 예쁜 얼굴인데도 도통 여자로 느껴지질 않았다. 3팀에서는 종종 "세상에는 세 가지 성이 있다. 여자, 남자, 하이아"라는 농담이 오갔다. 하루는 식당에서 또 농담을 주고받는데 "왜 셋이야?"라는 살벌한 소리가 들렸다. 처음 보는 얼굴이었는데 기색이 무시무시했다.

개는 뭐랬지? 이름과 정체성은 기억나지 않지만 차별 발언으로 고발하겠다던 말만은 선명하게 남았다. 다급히 사과하니 넘어갔지만…. 그날 바로 4회짜리 다양성 수용 온라인 강의를 등록해 들었다. 차별 발언으로 신고받으면 진급은 포기해야 했다.

극과 극은 통한다지. 예민한 라인과 둔감한 하이아는 의외로 잘 맞는 짝일지도 몰랐다. 그런데 둘 다 결혼하기에는 빠르지 않나? 에이, 남 걱정할 때냐, 나나 연애해야지. 내일부터는 여유가 좀 생기겠지. 소개팅 부탁할 사람 어디 없나….

짐이 다시 모니터로 눈을 돌렸을 때 날카로운 사이렌 소리가 들렸다.

라마스에서 대규모 화재 발생! 1팀에서 3팀까지 출동하라!

자리에서 튕기듯 일어난 사람들이 주차장을 향해 전력 질주했다. 불야성을 이루는 라비헴에서 유일하게 어둠이 내리깔리던 곳이 벌겋게 타오르고 있었다. 크고 작은 드론들이 화재 현장을 향해 불나방처럼 몰려들었다.

"왜 소방헬기가 보이지 않지? 우리보다 앞서야 정상 아냐?"

라인이 소리쳤다.

하이아가 소방국에 연락했다.

"경찰국 소속 하이아 리안입니다. 소방헬기는 언제 오죠?"

"출동 준비 중입니다."

통신은 일방적으로 끊겼다. 하이아와 라인의 시선이 부딪쳤다. 뭔가 잘못 돌아가고 있었다. 하이아는 에어카를 방화모드로 돌렸다. 두 사람은 좌석 아래에서 방화복을 꺼내 입었다.

"불이 번지는 모습이 이상해."

라인이 말했다. 상공에서 보니 마치 누가 불을 들고 뛰어다니는 것처럼 불길이 번지고 있었다.

"판자촌이야."

하이아가 이를 물었다. 판자와 플라스틱, 코팅된 종이 따위로 지어진 집들이 한 몸처럼 붙어 있었다. 마실 물조차 없는 곳에서 불을 끌 물이 있을 리 만무했다. 낙엽이 타들어가듯 집들이 빠른 속도로 사라져가고 점처럼 보이는 사람들이 정신없이 도망치고 있었다.

전원 하강한다. 구할 수 있는 사람은 구하되, 위험 지역까지 들어가지는 않는다.

헤렌 수이가 지시했다.

하이아와 라인이 탄 에어카는 이미 하강을 시작하고 있었다. 집과 허술한 가재도구가 타들어가는 소리, 불이 붙은 채 뛩구는 사람들과 고통과 절망에 찬 비명이 볼륨을 키우듯 커져갔다. 비좁은 골목에서 사람들은 살기 위해 몸으로 남의 집을 부수며 뛰었다. 넘어지고 짓밟힌 사람들의 절규에 답할 수 있는 이는 없었다. 에어카의 정원은 다섯 명이었다. 해일이 도시로 밀려오는데 튜브로 사람을 구조하겠다는 셈이었다.

"우리만으로는 턱도 없어!"

라인이 이성의 끈을 붙들려 안간힘을 쓰며 말했다.

"헤렌이 다른 팀에도 지원 요청을 했을 거야."

하이아가 그래야 한다는 당위를 담아 말했다. 다른 도리가 없었다. 그들은 각기 문을 열고 손을 뻗었다. 공황에 빠진 사람들은 에어카가 다가오는 것도 인지하지 못했다. 그들은 그저 닥치는 대로 사람을 잡아 에어카에 태웠다.

"나도요!"

누군가 소리치며 손을 내밀었다. 하지만 이미 여덟 명이 타, 차는 콩나물시루처럼 꽉 차 있었다. 하이아는 구명줄을 던졌다. 두 개뿐이었다.

"살려줘요! 손녀를 데려가 줘요!"

몸으로 손녀를 감싼 노파가 대상 없이 울부짖었다. 그러나 더 태웠다가는 에어카가 추락한다. 구명줄의 매듭을 확인한 하이아가 에어카를 토호로 돌렸다. 서둘러 갔다가 다시 돌아와야 했다. 절망과 비명과 혼돈과 불의 지옥이 펼쳐졌다. 눈앞에서 수천, 수만 명의 사람들이 죽어가는데, 젓가락으로 콩을 집듯 한 번에 한 명씩만 구할 수 있었다.

"제발!"

한 여자가 두 살배기 아기를 내밀었다. 하이아는 그 아기를 품에 안았다. 이제 문을 닫을 도리조차 없었다. 문이 닫히지 않자 에어카가 경고음을 냈다. 하이아는 수동 조작으로 바꿨다. 상체가 에어카 밖으로 나온 그는 안전벨트에 의지한 채 아기를 붙들고 있는 데에만 온 신경을 집중했다. 토호에 도착해서 보니 라인도 어린아이를 품에 안고 있었다. 토호 거리에 있는 이들은 그저 멀뚱히 보고 있을 뿐이었다. 화상을 입은 사람들은 바닥에서 몸부림치는 것 외에 할 수 있는 일이 없었다.

"구급약이라도 가져와요!"

에어카에 있는 사람들을 밖으로 꺼내며 하이아가 고함을 질렀다. 그들은 다친 사람들을 무방비하게 놔둔 채 다시 라마스로 돌아가야 했다.

"어째서 구급헬기조차 보이지 않는 거지?"

하이아는 악을 쓰며 정신없이 손을 휘저었다. 아무것도 잡히지 않았다. 자기 침대 위였다. 언제 집에 와서 옷을 갈아입고 잠들었는지 기억할 수 없었다. 정신은 아직 불길 속에서 사람들을 꺼내는 현장에 있었다. 벨이 울렸다. 하이아는 자기를 깨운 소리를 인지했다. 아버지였다.

"네, 저예요."

"집이구나. 계속 전화했다."

"잠이 깊이 들었나 봐요."

"그래…."

침묵이 길게 이어지고 난 뒤에야 하이아는 아버지가 전화한 이유를 알아챘다.

"뉴스 보셨군요. 저는 괜찮아요. 라인도…."

괜찮겠지, 나도 무사히 집에 왔으니까.

"알았다."

전화가 끊겼다. 하이아는 폰을 확인했다. 문이 여닫힌 시각으로 보아 집에 들어온 건 새벽 5시경, 현재 시각은 오전 7시 40분이었다.

샤워기를 틀자 물이 나왔다. 새삼스레 그 사실에 지독한 위화감이 느껴졌다. 나면서부터 수도만 틀면 물이 나오는 환경에서 자랐다. 처음 라마스에 간 날, 그 흔한 물이 없다는 데 충격을 받고 집에서 물을 쓸 때마다 죄책감을 느꼈으나 무뎌졌다. 라마스에 갈 때면 생수도 챙겼지만, 물은 부피와 무게로 인해 처음 몇 집을 주고 나면 사라졌다.

하이아는 뉴스를 틀었다.

라마스에서 아이들의 불장난으로 인한 화재가 발생해 5천여 채의 집이 타고 2천여 명의 사상자가 발생….

불장난이라고?

라인에게 전화가 왔다.

"일어났어?"

"어."

"루나가 만나재. 화재에 대해 할 말이 있다는데?"

"알았어."

하이아는 옷을 갖춰 입었다. 사람들의 몸이 성냥개비처럼 타올랐다. 캠핑 때나 보던 숯처럼 까맣게 탄 사람들, 옷과 살과 플라스틱이 타는 냄새, 발길에 차여 자갈처럼 구르던 사람들, 빽빽하게 뻗어오던 팔, 그중 한 명만 잡을 수 있었다. 방화복에 강화기능도 있기에 무게는 상관없었으나 불이 붙지 않은 사람을 골라…. 빌어먹을!

"구급대원이 올 거야. 우리 일은 구하는 거야!"

에어카에서 바닥으로 사람들을 던지듯 내리며 헤렌 수이가 지시했다. 그는 평소보다 더 사납게 대원들을 몰아붙였다. 그래야 했다. 다들 제정신이 아닌 중에 해야 할 일에 집중시키려면 다른 방법이 없었다.

하아….

하이아는 심장을 눌렀다. 내가 구한 사람들은 살았을까?

라마스에서는 아직도 곳곳에서 연기가 피어 오르고 있었다. 입구에 높이 270센티미터에 중세시대 갑옷을 연상케 하는 육중한 몸체의 라마스 전담국 진압로봇이 일렬로 서 있었다. 진압복을 입으면 사람도 개인의 정체성이 가려졌다. 그래도 자세히 보면 키와 체형이 다른 게 눈에 띄었다. 하지만 진압로봇은 키, 무게, 외관이 완벽하게 똑같았다.

라마스 앞은 맨바닥에서 방치된 채 흐느끼는 사람들, 아이를 찾고 부모를 찾는 이들, 진압로봇을 붙들고 항의하는 사람들로 갑작스레 전쟁이 터져 피난을 나온 무리를 연상시켰다.

"우리 부모님이 아직 안에 있어!"

"왜 못 들어가게 하는 거야?"

아직 화재의 위험이 남아 있어 **출입 통제 중입니다.**

"하이아."

피폐한 얼굴에 젖은 머리를 말리지도 못한 라인이 그를 불렀다. 하이아는 자기 모습도 별반 다르지 않으리라 짐작했다.

하이아와 라인은 사람들을 밀치며 진압로봇 앞으로 가 위치에 있는 신원 인식 바코드를 탭했다.

아직 화재의 위험이 남아 있어 **출입 통제 중입니다.**

진압로봇은 다른 사람들을 대할 때와 똑같은 어조로 똑같은 문장을 내보냈다.

"우리도 안 된다고?"

라인의 시선이 라마스 전담국 마크에 꽂혔다.

라마스 사람들은 진압로봇을 붙들고 같은 말을 반복하며 헛되이 몸부림쳤으나 하이아와 라인은 빠르게 물러섰다. 진압로봇은 애초에 설득이 불가능했다. 지금 이 상황에서는 경찰인 그들도 라마스 주민들과 다르지 않았다. 바다에서 헤엄치는 줄 알았는데 수영장이라 벽에 부딪친 기분이었다.

상부에서 원하는 경찰은 바로 저런 존재인가? 지치지도 그 어떤 의문도 표하지 않으며 다만 명령을 수행하는 존재. 보호해야 할 이들과 저지해야 할 이들을 입력에 따라 구분하는 존재.

진압로봇을 반대한 경찰들도 많았다. 그들은 자기들의 일자리가 사라지는 걸 두려워했다. 똑같은 이유로 라마스 전담국을 찬성한 이들이 있었다. 라마스를 맡는 별도의 조직을 만들고, 경찰들은 라비헴 내의 일을 처리하는 것이다. 일자리를 잃고 싶은 사람은 없다. 다들 힘들게 공부하고 시험을 쳐서 들어온 이들이다.

"이제 어쩌지?"

라인이 고민하는데 누군가 그의 옷자락을 잡아당겼다. 일곱 살 내외로 보이는 아이로, 여자아이인지 남자아이인지 구분이 어려운 데다 기이하리만큼이나 무감정한 표정이었다. 아비규환의 현장에서 로봇보다도 더 무표정한 어린아이를 보자 현실 감각이 사라지는 기분이었다.

아이는 묵묵히 돌아서서 걸었다. 라인과 하이아는 어리둥절한 얼굴을 마주하다 아이를 따라갔다. 10분 정도 걷자 진압로봇과 사람들이 시야에서 사라졌다. 아이가 흙으로 덮인 바닥을 맨발로 훑었다. 맨홀 뚜껑이 나왔다.

"이걸 열라고?"

라인이 물었다. 아이는 반응하지 않았다. 라인과 하이아가 맨홀 뚜껑을 열었다. 강화복 없이 맨몸으로 들자니 어제부터 무리한 근육이 항의하듯 꿈틀거렸다. 아이는 빛 한 점 없는 어둠 속을 늘 오가는 길처럼 내려갔다. 하이아와 라인은 손전등을 켰다. 아이가 움찔하며 뒤를 돌았다.

"이름이 뭐지?"

라인이 친근하게 물었다. 고슴도치가 털을 세우듯 아이의 자그마한 몸에서 경멸이 뿜어 나왔다. 그 어떤 말도 상대하지 않겠다는 듯 단호하게 돌아선 아이가 다시 발을 놀렸다. 의아한 눈빛을 주고받은 라인과 하이아는 그 뒤로 더 질문 없이 아이를 따라갔다. 짓다만 하수구에는 갈림길이 많았고 쥐, 벌레, 쓰레기로 갯벌처럼 질척거렸다. 환기되지 않는 곳이라 악취도 심해 소매로 입과 코를 가린 채 옅게 숨을 쉬어야 했다. 하이아와 라인은 장화를 신고 오지 않은 걸 후회했다. 소독약은 챙겨왔던가? 새삼 아이가 맨발이라는 데 눈이 갔다.

사다리를 타고 오른 아이가 맨홀을 두드렸다. 뚜껑이 열렸다. 아이에 이어 하이아와 라인도 나왔다. 바깥에는 아무도 없었다.

"어디로 사라진 거지?"

"여긴 어디야?"

어둠 속에 있다가 갑자기 쏟아진 햇빛에 적응하느라 눈을 찌푸린 두 사람이 주위를 살폈다. 멀리 루나 지구가 보였다.

라인의 증강폰이 울렸다. 그는 귀에 걸린 이어셋을 가볍게 두드렸다.

"아, 짐, 지금은…."

"나 어떡해? 젠장할, 어떡해?"

정신이 나간 짐이 횡설수설 말을 쏟았다. 옆에서 듣던 하이아가 뉴스에 접속했다. 어제 화재를 담은 수많은 영상이 올라오고 있었다. 하이아는 경찰을 검색 엔진에 넣고 돌려 짐이 말하는 영상을 찾았다. 화재 현장에 출동한 에어카 문에 성인 남자가 매달려 있었다.

살려줘요! 나도 데려가요!

경찰이 그 사람의 손을 떼어냈다. 떨어진 사람은 불길에 잡아먹혔다.

"맙소사!"

마지막 순간 남자의 표정까지 생생하게 클로즈업된 영상이었다. 라비헴 도심에서는 배달용 드론만 정해진 경로를 따라 비행할 수 있었다. 하지만 라마스는 드론 금지 구역이 아니었다. 경찰, 소방, 의료 에어카 주변은 반경 10미터 안으로 들어오지 못하도록 인식기가 부착되어 있으나 발달한 줌 기능이 거리를 지웠다.

"에어카 번호가 노출되었어. 내 신원이 털렸다고!"

자기가 사람을 뿌리치는 모습이 찍혔다는 공포, 현실 감각이 돌아오며 찾아온 죄책감, 어젯밤 일이 하나하나 재생되며 몰아치는 공황….

라인은 불붙인 양초처럼 녹아내리듯 온몸에서 힘이 빠졌다. 사람의 몸을 연료로 타오르던 불, 냄새, 단말마의 비명들….

"당신들, 누구야?"

경계와 위협이 섞인 목소리가 들렸다. 40대 여자였다.

"경찰입니다. 루나에게 만나자는 전갈을 받았어요."

하이아가 말했다.

"나중에 전화할게."

라인은 통화를 종료했다.

여자는 그들을 위아래로 사납게 훑어보다 루나에게 안내했다. 루나는 언덕 위에서 사람들과 심각하게 이야기를 하고 있었다.

"용케 들어왔군. 경찰도 출입을 통제하는데…."

루나가 그들을 맞이했다.

"루나가 보낸 아이가 아니었습니까?"

라인이 어리둥절한 얼굴로 물었다.

"아이?"

"웬 아이가 하수구를 통해 저희를 여기로 안내했습니다."

"하수구? 거긴 우리도 함부로 안 들어가. 길을 잃으면 나올 방법이 없는 데다 지반이 불안정해서 매몰될 위험이 있어."

루나가 드물게 동요하는 기색을 보였다.

"테리가 투입되기 전날 불이 난 게 우연이라고 생각합니까?"

그들을 안내한 여자가 거칠게 물었다. 루나 주위에 있는 사람들은 하이아와 라인이 이 모든 일의 원흉이라도 되는 듯 눈을 부라렸다.

"잠시 이야기를 나누겠네."

루나의 말에 사람들은 마지못해 흩어졌다.

"와달라고 하긴 했지만 경찰도 통제한다는 말에 못 올 줄 알았네. 어떤 아이였나?"

"여섯 살이나 일곱 살 정도로 보였습니다."

"성별이 불분명해 보이던가?"

"네, 아직 어려서 그럴 수도 있습니다만…. 어떻게 아셨죠?"

잠시 예의 꿰뚫는 눈으로 그들을 바라본 루나가 말했다.

"아직 아무것도 모르는군. 현장에서는 당장 눈앞의 상황만 처리해야 했으니…."

"할 말이 있으면 제대로 하시죠!"

하이아가 일갈했다. 수행자가 제자에게 화두를 던지듯 하는 루나의 태도에 맞춰 대화를 할 수 있는 정신 상태가 아니었다. 매사에 단단한 그도 어젯밤의 충격적인 현장에서 겪은 피로와 분노, 죄책감, 자괴감이 뒤섞여 한계에 도달해 있었다.

"사상자, 피해 규모, 원인, 무엇 하나 제대로 밝혀지지 않은 대규모 화재가 났어! 경찰을 부르는 게 이상한가? 그나마 이 정도에서 불길이 잡힌 이유는 우리 마을에 소방관 출신이 있었기 때문이야. 전부터 화재에 취약한 걸 걱정해 모래주머니 따위를 마련해 두고 있었네. 그들이 지휘해 불길 밖에 있는 집들을 부수고 모래주머니로 방화벽을 쌓았어! 라비헴에서는 뭘 했나?"

루나도 평정심을 잃고 이를 드러냈다.

"소방국과 협력해 화재의 원인을 밝히고 방화면 범인 체포, 그에 대해 주민들의 불안을 달래는 것 또한 당연한 경찰의 일이죠. 하지만 말씀하시는 것처럼 지금 당장 저희가 아는 게 없다는 걸 모를 분이 아니지 않습니까."

라인이 중재했다.

"화재는 소방국의 일이라고 하지 않아 줘서 고맙군."

거칠게 내쏜 즉시 루나에게서 자기 언행을 후회하는 기미가 보였다.

"미안하네. 나도 제정신이 아니라… 누군들 제정신이겠나."

루나의 시선이 발밑으로 떨어졌다. 더러운 천으로 뒤덮인 무언가가 있었다. 무릎을 굽힌 라인이 천을 열었다. 새까맣게 탄 고양이의 사체였다.

"등유 냄새야."

라인의 말에 하이아도 몸을 숙여 냄새를 맡았다.

"누가 등유에 적신 고양이 몸에 불을 질러 판자촌에 풀었네. 총 다섯 마리였어."

"어젯밤 에어카에서 보니 누군가 불을 들고 뛰어가는 것처럼 불길이 번지더군요. 누군가 고양이를 이용해서 라마스에 불을 질렀다는 말씀입니까? 하지만 누가, 무슨 목적으로요?

라마스에 불을 질러서 얻을 게 뭐죠?"

"바로 어제 자네들에게 한 말을 수정해야겠네. 라비헴에 우리를 이용하거나 이 땅을 차지해 돈을 벌려는 자들이 있다고 했지? 내가 오판했네. 물론 그런 자들이 있는 것도 사실이야. 하지만 궁극적인 목표는 따로 있네."

루나가 잠시 말을 끊은 동안 하이아와 라인은 기온이 내려간 듯한 한기를 느꼈다.

"인간 선별 작업."

"뭐라고요?"

라인이 귀를 의심하며 되물었다.

"농업, 공업, 상업, 세상을 굴러가게 하는 많은 일에서 인간 노동자는 점점 불필요한 존재가 되어 가고 있어. 스테이크를 만들기 전 고기에서 지방을 도려내듯 우린 요리 과정에서 버려지는 재료야. 놈들은 우리를 바퀴벌레처럼 박멸시키고 싶어 해. 하지만 우린 그렇게 쉽게 사라지지 않아. 바퀴벌레가 멸종하지 않았듯…."

스스로를 바퀴벌레에 비유하는 루나의 어조에는 묵직한 노여움이 깔려 있었다.

"그래서 라비헴에 라마스를 아예 없애버리려는 자가 있다? 그게 누구라고 하던가?"

국장실에서 몬드리안 국장이 물었다. 그는 60대 초반으로, 머리는 반 이상 벗겨졌으나 경찰대 시절 유도 시합에서 1위를 했을 때의 다부진 몸을 그대로 유지하고 있었다.

"헨리 행크스 시장이랍니다. 마약을 들여오는 배후에도 시장이 있다고 하더군요."

라인이 대답했다.

"그건 앞뒤가 안 맞는데? 마약을 들여오는데 라마스를 이용하면서 없애려고 한다? 행크스는 라마스에 대해서 공격적인 정책을 펼쳐왔네. 후보시절 주요 공약이 라마스 정리였어."

"겉으로만 그런 척했던 거랍니다. 시장이 되기 전부터 라마스 갱단과 손잡아 마약을 들였고, 그 수익을 선거 자금으로 썼다고 합니다. 헨리가 당선된 후 아파트를 차지한 갱단들의 무장이 강화되었고, 라비헴에 유통되는 마약이 대폭 늘었습니다. 하지만 마약은 위험하죠. 들키면 이제껏 쌓아온 모든 게 무너지니까요. 최근 마약 수사반도 적극적으로 수사하고 있고, 테리가 투입되면 운반책의 움직임도 제한됩니다. 최근 라마스 내 갱단들 사이에서 마약을 두고 세력 다툼도 심해졌고요. 시장이 그만 발을 빼고 라마스를 재개발하려 한다는 거죠."

하이아가 설명했다.

국장은 깍지를 끼며 더 이야기해보라는 자세를 취했다.

"첫 번째 화재 신고는 1시 35분 14초입니다. 소방헬기는 2시 4분 19초에, 구급헬기는 2시 37분 23초에 출동했습니다. 소방국은 전체 시스템 점검 중이었고, 의료국은 일반병동 공사 중이라 병실이 확보되지 않아서라고 했습니다만, 그래도 지나치게 늦은 대응이었습니다. 아무리 전체 시스템 점검 중이었다고 해도 라비헴에서 화재가 났다면 그렇게 늦게 출동했을까요? 소방국은 무인 소방헬기, 의료국 또한 무인 구급에어카라도 먼저 보낼 수 있었습니다. 하지만….”

“불길이 번질 때까지 기다렸다?”

“뉴스마다 화재 현장만 다룰 뿐, 소방국과 의료국의 늦장 대응은 건드리지 않고 있습니다.”

― 자네들은 라마스에 출동한 경찰 중 신고 내역을 모두 접수한 몇 안 되는 경찰일 걸세. 하지만 거기에 매몰되어 큰 그림을 놓치고 있었어. 뉴스를 보게. 올림포스를 살펴. 행간을 읽어야 해.

루나의 묵직한 어조가 닻처럼 라인의 마음속에 내려앉았다.

“시장이 라마스를 없애려 화재를 일으키고 소방국과 의료국의 대응을 늦췄다?”

“그럴 수 있는 위치의 사람이긴 합니다. 소방국의 정기 점검은 본디 다음 달입니다. 의료국도 병실 공사가 정말 급했는지 의문입니다. 하필 테리 투입 전날이라 방화 원인을 조사하기도 어렵습니다. 루나는 초국가기업이 정치인들과 손잡고 인간을 선별하고 있다고 주장합니다.”

― 라비헴은 우리가 죽기를 바라네. 우리가 죽으면 문제가 사라지니까? 차라리 그런 거면 좋겠네. 초국가기업은 정치인들과 손잡고 인간을 선별하고 있어. 계속 살아갈 사람과 사라질 사람으로…. 자네들은 안전하리라 믿지 말게. 이건 라비헴만의 문제가 아니야. 메가슬럼은 모든 메가시티의 골칫거리

지. 메가시티 자체가 선별된 사람들을 위한 도시니까.

"너희를 안내한 아이에 대해서는 뭐라던가?"

"새끼여우라고 하더군요."

계속 혹사당한 라인의 성대가 갈라졌다. 하이아가 설명을 이었다.

"라마스가 생성된 지 15년입니다. 라마스에서 나고 자란 아이들이 청소년 시기에 들어섰을 시간이죠. 부모에게 버림받았거나 부모가 죽은 아이들이 무리를 짓고 라마스에서조차 눈에 띄지 않게 살고 있다고 합니다. 순찰을 돌며 몇 번 새끼여우라는 말을 들었습니다. 집을 비운 동안 음식이나 옷가지 따위가 도난당했을 때 나오는 말이었죠. 대부분의 경찰이 들은 말입니다."

"일종의 도시괴담이군."

"네."

"도시의 발목을 잡는 이들을 쓸어내고, 이제껏 마약을 몰래 판매해 온 증거도 없애고, 재개발 업자들과 결탁해 돈도 벌고, 일석삼조라는 건가? 다른 사람들에게도 말했나?"

"아니요. 아직…."

"일단 함구하게."

"예."

검지로 가볍게 책상을 두드리던 국장이 그들을 의미심장한 얼굴로 바라보았다.

"그런데 경찰도 출입을 통제하는 줄 알면서 라마스에 들어갔다?"

라인과 하이아는 갑자기 잠이 훅 깨는 기분이었다.

"어, 그게⋯."

"업무 모드였나?"

"예, 아마도⋯."

경찰용 워치에는 위치추적기가 내장되어 있었다. 퇴근할 때는 보통 끄지만 어젯밤에는 그럴 정신이 없었다.

"진압로봇에 신분 바코드를 탭했고?"

"네."

라인과 하이아는 뒷걸음질치고 싶어지는 다리에 힘을 주어 버텼다. 국장에게서 음산한 아우라가 퍼져 나오는 게 보이는 듯했다. 곧 규칙 위반에 대한 따발총 같은 호통이 10분간 이어졌다.

"문제가 생기면 내 특별 지시였다고 할 테니 잊어버리지 말게. 잊어버리면⋯."

이후 5분은 그들의 지위에 대한 위협어린 발언이었다. 진심처럼 들리지만, 국장의 말에서 실제 경고와 내실 없는 으름장을 구분할 연차에 이른 라인은 말이 끝나자 물었다.

"라마스 전담국 진압로봇은 20기 당 1대만 링크 상태였습니다. 최대 10기 당 1명은 링크해야 합니다."

"지난밤에 얼마나 잤지?"

갑작스러운 질문에 두 사람은 잠깐 눈을 끔뻑였다.

"두 시간⋯ 정도입니다."

"퇴근 해. 자고 와."

"루나의 말은 설득력이 있습니다."

라인이 급히 말을 붙였다.

"네."

하이아는 그만 나가자는 듯 라인을 잡았다.

"루나의 말을 믿지 않는 거야?"

국장실을 나온 라인이 물었다.

"잠이 필요한 건 사실이야. 이 상태로는 아무것도 제대로 판단하지 못해."

라인이 손으로 이마를 짚었다. 하이아의 말이 맞았다. 하지만 잠깐 눈을 깜빡일 때조차 불길과 타죽는 사람과 비명이 들렸다. 잠을 잘 수 있을 것 같지 않았다.

"집에 갈 기운도 없어."

"마찬가지야. 아, 저녁에 아버지 만나야 하는데….″

숙직실에서 5시간 눈을 붙이는 것보다 집에 가서 3시간 자고 나오는 게 피로를 푸는 데는 더 나았다. 그러나 그것도 집까지 갈 체력이 남아있을 때 이야기였다.

남녀 숙직실은 마주보고 있었다. 숙직실 문을 열기 전 하이아가 말했다.

"나도 아쉬워, 라인."

라인은 피곤한 중에 청량음료를 들이켠 기분이 들었다. 낮에 같이 게임센터에 가기로 한 말을 하이아가 기억한 것이다. 3년 전에 비하면 괄목할 발전이었다. 그때 하이아는 라인을 좋아하면서도 아버지가 소개한 남자를 만났을 정도로 스스로의 감정에 둔감했다.

"다음 휴일은 꼭 둘이 보내자."

라인이 따스하게 말했다.

"응…."

저 밖에서는 아직 마무리되지 못한 화재, 수습되지 못한 시신들, 행방을 알 수 없는 가족과 친구들로 인해 피가 마르는 사람들이 있었다. 그러나 경찰에게도 제복 밖의 삶, 둘만의 현실이 존재했다. 갈증과 굶주림에 시달리고, 해열제조차 구하지 못하고, 분쟁 지역이라 숨죽이며 살아가는 삶과 그 바깥의 삶이 분리되는 것처럼.

하이아와 라인은 세 시간 후 비상 알람에 잠에서 깼다.

라마스에서 폭동 발생. 전 대원 진압실로.
라마스에서 폭동 발생. 전 대원 진압실로.
라마스에서 폭동 발생. 전 대원 진압실로.

둘은 점퍼에 팔을 꿰며 튀어나왔다. 그들은 진압실의 자기 자리에 가서 헤드기어를 착용하고 진압로봇에 링크했다. 하이아에게 배정된 진압로봇은 총 다섯 대였다. 화면은 온통 붉은색이었으나 무장 상태는 ▨표시로 떴으며 오른쪽 상단에 있는 붉은색으로 쓰여진 숫자가 5만에서 6만, 6만 5천으로 가파르게 상승 중이었다. 붉은색은 적대적인 대상을 의미했다. 즉, 수만 명의 사람들이 비무장 상태로 시위를 벌이고 있다는 뜻이었다.

하이아가 링크한 진압로봇의 모니터 중 하나에 무언가가 달라붙으며 화면이 가려졌다. 진압로봇은 머리에 상하좌우와 위쪽까지 5개, 몸통에도 상하좌우로 4개, 다리마다 앞뒤로 2개씩, 옆에 2개씩 총 17개의 모니터가 있어서 한두 개가 가려져도 문제없는 데다, 시야 방해를 감지한 즉시 와이퍼가 움직이며 모니터를 세척했다.

"뭘 던지는 거야?"

"나도 맞았어."

각 칸막이마다 앉은 경찰들이 한마디씩 했다.

"제기랄, 똥이야!"

누군가 질겁했다. 하이아도 자기 모니터에 던져진 게 배설물이라는 걸 알아볼 수 있었다.

"우리 애를 살려줘!"

"왜 소방헬기가 오지 않았지?"

"내 동생 어디로 데려갔어?"

"어째서 집에 못 가게 하는 거야?"

"우릴 내보내 줘!"

라마스에 갇힌 사람은 갇힌 사람대로, 들어가지 못하는 사람은 들어가지 못하는 대로 땅에서 흙이라도 집어 던지며 항의하고 있었다. 움직이는 와이퍼 너머 사람들이 몸으로 돌진하는 게 보였다. 하지만 특수합금으로 만들어진 진압로봇을 손으로 때려봐야 때린 사람만 아플 뿐이고 작대기, 돌 따위로는 흠집도 나지 않았다.

"밀어!"

"넘어뜨려!"

"발밑을 파!"

격앙된 군중은 진압로봇을 밀거나 당겼다. 발밑을 손으로 파서 균형을 잃게 하려는 사람들도 있었다.

모두 물러서십시오. 진압로봇을 공격하는 건 공무집행 방해이자 기물 파손죄에 해당합니다.

진압 총괄팀장의 목소리가 울렸다. 하지만 광분한 사람들은 멈추지 않았다. 수천 명의 사람들이 힘을 합쳐 진압로봇을 밀어 쓰러뜨리려 했다.

"뭐야, 좀비야?"

누가 질린 얼굴로 투덜댔다.

결합하라.

경찰들의 화면에 결합하라는 지시가 떴다. 진압로봇들의 어깨와 다리에서 결합 부품이 나왔다. 1.5톤 3천 대가 한 몸처럼 결합했다. 사람의 힘으로 넘어뜨리는 건 불가능했다.

"타 넘어!"

쓰러뜨리는 게 불가능하다는 걸 인지한 사람들이 떼 지어 진압로봇 위에 올라타려 했다.

오일 분사.

하이아와 경찰들은 시야에 뜬 지시대로 오일 분사를 클릭했다. 진압로봇이 오일로 번들거렸다. 사람들은 워터파크의 미끄럼틀에 앉은 것처럼 무력하게 미끄러졌다.

"넘겨!"
"산을 만들어!"
"올라 타!"

라마스 사람들은 다른 방법을 찾았다. 체격이 좋은 사람들이 엎드리며 발판이 되었다. 그 위를 여자, 아이들, 마른 체형의 사람들이 올라타 진압로봇을 넘어가려 했다.
"누가 지휘하는 거지?"

"지휘자가 있어 보여?"

"지휘자는 무슨, 정신 못 차리고 되는 대로 덤비는 거지."

"이것들은 죽지도 않나. 아, 퇴근하고 싶다."

대화 사이사이에 욕설들이 섞여 있었다.

방어벽 가동.

5

4

3

2

1

경찰들이 신호에 맞춰 일시에 버튼을 클릭하자 진압로봇의 등에서 높이 10미터의 금속 벽이 솟아오르기 시작했다. 접힌 면이 펼쳐지며 말 그대로 성벽처럼 라마스를 에워쌌다.

"왜 집에 못 가게 하는 거야?"

"제발, 우리 아이를 병원에 데려다 줘요!"

"살려줘요!"

수천 명이 내지르는 소리가 한데 뒤섞여 누가 무슨 말을 하는지 알아듣기 어려웠다. 간간이 마이크 가까운 곳에서 들리는 말은 비명에 가까웠다.

"나야말로 집에 가고 싶다."

"들여보내달라는 거야 내보내달라는 거야, 어쩌라는 거야?"

"젠장, 라마스 놈들 때문에 우리가 뭔 고생이야?"

어제 경찰국에 있던 이들은 하이아처럼 녹초가 되어 있었고, 퇴근했던 이들도 출동 명령을 받고 달려왔다. 진압실은 성난 복어들로 가득 찬 수조처럼 살벌했다.

3시간이 흘렀다.

이제부터는 라마스 전담국에서 맡는다. 차례대로 링크를 해제한다.

"뭐?"

"진압로봇을 이대로 세워둔다고? 링크한 사람 없이?"

"젠장, 됐어! 전담국에서 알아서 하겠지!"

하이아의 모니터에도 링크를 해제하라는 지시가 떴다. 하이아는 혼란 속에서 링크를 해제한 뒤 헤드기어를 벗고 일어섰다. 해일처럼 몰아치는 사람들의 절규가 사라진 시야를, 일정한 간격의 칸막이 속에서 똑같은 자세로 손가락만 움직이는 수십 명의 사람들이 채웠다. 홀로그램 키보드를 써서 소리도 들리지 않았고, 시야차단필름이 부착되어 있어 자기 화면 외에는 누가 뭘 하는지 전혀 볼 수 없었다. 러시아워의 도로에서 사막으로 순간이동을 한 것처럼 낯선 적막이었다.

"안 가?"

링크를 해제한 옆 사람이 일어서며 말했다.

"아, 어."

라인이 일어서며 둘의 눈이 마주쳤다. 그와 라인처럼 어젯밤 화재 현장에 나갔던 사람들부터 우선 해제하는 모양이었다.

퇴근자는 업무 모드를 오프로 돌리세요.

정문을 나서자 익숙한 기계 음성이 나왔다.

하이아는 자기처럼 파김치가 된 라인에게 겨우 눈인사만 하고 하이플라이에 탔다.

"집."

좌석을 보호유리로 덮은 하이플라이가 날아올랐다. 집에 도착한 하이아는 주차장 입구에 하이플라이를 세웠다. 무빙로드가 움직이며 하이플라이가 시야에서 사라졌다. 집에 들어선 시각은 오후 4시 32분이었다. 그 많은 일들이 벌어졌는데 채 하루도 지나지 않았다. 그의 집은 6평형 원룸으로 현관에 붙은 작은 주방을 포함해 침대와 책상, 책장, 옷장 등 기본적인 가구는 모두 붙박이였다. 워치에서 저녁 약속 시간을 알리는 알람이 울렸다.

"아, 아버지 만나야지."

세면대, 변기를 지나 겨우 설 수 있는 공간에 달린 샤워기

아래에서 씻고 나온 하이아는 폭 50센티미터의 옷장에서 청바지와 셔츠, 재킷을 꺼내 입고 의상 대여점으로 갔다. 대여점 탈의실에 들어가자 사전에 예약한 옷이 천정의 무빙로드를 따라왔다. 베이지색 하렘 스커트에 연분홍 블라우스, 체크무늬 카디건을 걸친 하이아가 거울을 봤다. 대여점 옷은 어딘지 모르게 빌려 입은 티가 났다. 새 옷은 아닌데 입고 있는 모습이 익숙해 보이지도 않는 게 그랬다. 평소 그가 입는 스타일이 아니기 때문일 수도 있었다. 기억에도 없는 어머니가 좋아했다는 스타일로 아버지를 만날 때는 이렇게 입어야 잔소리를 듣지 않았다.

"머리도 못 자르게 하고 말이지."

하이아는 손가락으로 머리를 다듬고 대여점을 나왔다.

레스토랑 입구에서 링크하자 유리문이 열리며 바닥에 예약석으로 안내하는 직선 불이 들어왔다. 라비헴의 야경을 감상할 수 있는 창가 자리였다. 곧 홀로그램 가수들의 대규모 콘서트가 열리는지라 우주선을 탄 여신, 용암에서 솟구치는 포세이돈을 모티브로 한 홀로그램 가수들의 영상이 창밖에 입체적으로 펼쳐졌다. 이어 어제 화재 현장, 오늘 시위 현장이 나타났다.

폭도들이 시위를 벌여 주모자 200여 명을 체포했습니다. 경찰이 2년 전에 도입한 세바스찬사의 최신 진압로봇으로 인해 경찰 측 피해는 없었습니다. 행크스 시장은 기자회견을 열어 테리 도입을 반대한 이들은 현 상황을 똑똑히 보라며 라마스를 라비헴에 대한 적대 세력으로 선포했습니다. 주모자를 색출해 엄벌에 처하겠노라….

영상 아래 뜨는 자막을 보는 하이아의 마음이 차갑게 식었다.

폭도라고?

하이아가 생각을 이어갈 새도 없이 다음 뉴스로 넘어갔다.

곧 라비헴에서 홀로그램 가수 15인과 가수 4인이 참석하는 공연 '별들의 진화와 사랑'이 열립니다. 이번 공연은 최정상 가수인 레이 신의 불참으로 팬들이 아쉬움을 토로하고 있습니다. 연예계 일각에서는 레이 신이 불참한 이유가 라비헴의 홀로그램 공연장이 사람 가수와 홀로그램 가수 둘 다를 소화할 시설이 되지 못하기 때문이라고 하는데요. 세계 정상급의 도시 중 하나인 라비헴에 부족한 것이 바로 정상급의 공연장으로, 부지를 마련하지 못해….

화재, 폭동 다음은 연예계 소식이었다.

뾱, 뾱, 뾱, 뾱.

하이아는 소리가 나는 쪽으로 무심코 시선을 돌렸다. 다섯 살 정도로 보이는 통통한 아이가 걸을 때마다 뾱뾱 소리가 나는 신발을 신고 걷고 있었다.

"조금만 더 가면 가족실이야. 거기까지만 가자."

자기 옷을 걸친 부부가 세심하게 아이를 살폈다.

비슷한 나이의 아이들이 라마스 안팎에서 보호자를 찾아 울고 있었다. 열 살 남짓한 아이들이 어른들의 어깨에 올라 라마스로 들어가려다 진압로봇에 막혀 미끄러졌다. 다쳤을까? 설마 통제 과정에서 사상자가 나오진 않았겠지? 왜 출입을 통제했던 거지? 그 자리에서 내 역할은 뭐였지?

시위 진압이 이번이 처음은 아니었다. 청소 노조, 소방 노조, 간호사와 조무사 노조 때도 진압로봇에 링크했다. 그때도 아이들을 데리고 시위에 나온 부모들이 있었다.

―아이를 먹여 살리게 하라!

3년 전 나갔던 시위에서 들었던 구호는 지금까지도 잊을 만하면 한 번씩 귀청을 맴돌았다.

경찰은 지시에 따라 움직였다. 그래도 스스로 판단해 일을 진행할 수 있으며, 있어야 했다. 교통계에서 일하다 강력계로 옮기기로 한 뒤, 필수코스인 라마스 순찰을 돌면서 사고회로가 정지한 것 같았다. 범죄 수준으로 보자면 좀도둑질로 분류되는 자잘한 도난사건들이 대부분이나 피해자에게는 생존이 달린 물품들이었다. 하이아는 모든 사건을 접수하고 한 건이라도 해결하기 위해 사력을 다했다. 자기 돈으로 의약품과 생수, 레토르트식품 따위를 사서 나눠주었고 라마스 후원단체에 기부도 했다.

혜렌 수이는 테리 도입에 적극 찬성했고 라인은 반대했지만, 하이아는 어느 쪽도 아니었다. 그저 주어진 일을 성실하게 수행했다. 사람들은 그에게 단순하다고들 했다. 딱히 싫을 것도 좋을 것도 없는 말이었다.

그런데….

— 젠장, 라마스 놈들 때문에 우리가 뭔 고생이야?

라마스 사람들 때문인가?

라마스 사람들이 일으킨 화재로 판명되었나?

공황에 빠진 사람들을 에어카 밖으로 끄집어내던 순간, 절규, 화상을 입은 채 맨땅에서 방치되던 사람들…. 살던 곳에 불이 났는데 상황이 어떤지 직접 확인하고 싶은 게 인지상정 아닌가?

— 이것들은 죽지도 않나?

"아버님은 아직 안 오셨지?"

대여 정장을 입고 온 라인이 옆자리에 앉았다.

"용케 여길 예약했네?"

하이아가 말했다. 홀로그램 가수의 광고 영상을 촬영하는 팬들로 인해 최근 창가 자리는 계속 만석이었다.

"모처럼 아버님이 오시잖아. 한 열 군데 대기 걸었거든. 운좋게 하나 된 거지."

라인이 쑥스러운 얼굴을 했다.

"아버지가 늦네."

하이아가 막 전화하려는데 입구 쪽에서 익숙한 인영이 나타났다. 그는 즉각 일어서서 입구로 갔다.

"오셨어요? 링크해드릴게요. …라인 이름 뜨죠?"

워치를 만지작거리던 아버지가 허공 어딘가를 터치했다. 하이아와 아버지인 리안 박사의 사이를 막고 있던 유리문이 열렸다. 리안 박사는 하이아와 함께 자리로 가며 무심코 주변을 훑었다. 1인 테이블에서 지인과 화상으로 혹은 혼자 올림포스 먹방을 보며 식사하는 사람들이 태반이었다.

"어서 오세요, 아버님."

라인이 일어서서 인사했다.

"후…."

리안 박사는 짧은 한숨으로 대답을 대신했다.

"뭐 드실래요?"

하이아가 물었다.

"한국음식 먹고 싶다며?"

"불고기 시킬까요?"

"그래라."

하이아는 레스토랑에 링크해 음식을 주문했다. 그들의 옆을 카트가 지나갔다. 리안 박사의 눈이 미는 사람도 없는데 움직이는 카트를 좇았다.

"이탈리안 레스토랑이야?"

카트에 실린 건 파스타와 피자였다.

"아, 자동 조리 식당이에요. 15개국의 200여 가지 음식을 팔아요."

하이아가 설명했다.

"히말라야에도 그런 식당이 몇 개 있더라."

"라비헴은 78퍼센트의 식당이 자동 조리예요."

자동 조리 식당이 보편화된 건 약 십여 년 전부터였다. 인기 있던 식당의 레시피는 비싼 가격으로 팔렸고, 요리사는 레시피의 사용료로 목돈을 벌었다.

"비싼 레시피는 1억 크레디트가 넘는 가격으로 팔렸어요."

"레시피가 안 팔린 주방장은?"

"라비헴의 변두리인 토호 지구로 밀려났죠. 거긴 아직도 사람이 요리하는 식당이 많아요. 상대적으로 가격이 저렴해 싼값에 즐기고 싶은 사람들이 애용해요."

"78퍼센트라며? 사람이 하던 식당들이 다 토호 지구로 가진 않았을 거 아냐? 거기서도 밀려난 사람들은?"

하이아와 라인의 얼굴이 굳었다. 리안 박사는 집요하게 대답을 기다렸다.

"라마스로 갔죠."

하이아가 낮게 대답했다.

"라마스? 슬럼 말이냐? 어제 대규모 화재가 난 거기?"

"네."

리안 박사는 고개를 절레절레 흔들었다.

"오기 전에 젊은 연구원이 라비헴 시스템에 링크하는 법을 알려줬어. 나 때는 로그인이었는데…. 계좌, 신분증 등등을 다 업로드해야 했다. 여긴 현찰이 아예 안 쓰이니까. 학회가 아니었으면 절대 라비헴에 다시 오지 않았을 거다."

하이아가 자란 뒤 히말라야에서 함께 라비헴으로 왔던 리안 박사는 몇 해 뒤 다시 히말라야로 돌아갔다.

"링크만 하면 되니까 따로 결제할 필요가 없죠. 익숙해지면 편해요."

"링크할 수 있는 사람들 이야기지."

리안 박사가 역정을 냈다.

"오면서 많이 힘드셨습니까?"

라인이 조심스레 물었다. 젊은 나이에 라비헴에 정착한 사람들도 나이가 들며 변화하는 라비헴의 시스템에 적응하기 어려워했다.

"뭐가 문제인지 호텔에서 날 들여보내질 않더구나. 직원이 없으니 물어볼 사람도 없고, 시차 때문에 연구원에게 연락하기도 뭣하고 어째야 하나 하고 서 있는데, 날 지나쳐 들어가는 젊은이가 그러더구나. '남노충'. 남자, 노인, 벌레라는 뜻이지."

"대놓고 그런…!"

"옛날에는 나 같은 사람이 제일 건드리기 어려웠어. 나이 많고 덩치 큰 남자. 그런데 지금은 나이가 많고 남자라는 자체가 얕잡아볼 이유야. 그나마 덩치 덕인지 면전에서 그러는 일은 없었는데, 경멸하듯 피식 웃고는 빠르게 들어가더구나. 호텔 입구는 넓어. 내가 입구에서 시간을 끈다고 그 젊은이가 손해 볼 일은 없어. 그런데도 굳이 내게 한 마디 한 거지. 너는 이런 일이 왜 생긴다고 생각하느냐?"

하이아는 골치가 지끈거렸다. 의문을 제기한 이상 아버지는 그냥 넘어가지 않을 것이다.

"인류역사상 처음으로 남자가 만만해진 거야."

면전에서 모욕적인 말을 들은 충격이 컸는지 리안 박사는 평소처럼 끌지 않고 바로 자기가 생각한 답을 말했다.

"여성에 대한 비하는 동서고금을 막론하고 있어 왔어. 남자보다 못하며 아이를 낳는 게 유일한 존재 이유인 이들, 비이성적이고 남자를 타락시키니 경계해야 할 대상으로 폄하했지. 단지 남자라는 이유로 비하의 대상이 되는 건 근래 들어 생긴 현상이다. 여자가 사회에 진출하기 시작하며 남자와 지위 격차가 좁혀졌지. 아직도 차이는 있지만 그래도 이제는 남자가 만만해진 거야. 폭군이던 아버지는 늙어가고 자식은 큰 거지."

"모든 남자가 다 여자를 비하한 건 아닙니다. 여성에 대한 비하를 반대하고 여성을 추앙하거나 존중한 이들도 있었어요. 상대가 만만하다는 게 상대를 비하해도 된다는 뜻도 아니고요."

라인의 말에 리안 박사의 이맛살이, 다 아는 소리는 꺼내지도 말라는 듯 좁혀졌다.

"약자는 괴롭히는 게 인간의 어두운 본성일지도요."

그는 굴하지 않고 말을 마쳤다. 말을 하다 말면 하다 말았다는 이유로 어차피 타박 받았다.

"너흰 무슨 벌레냐?"

리안 박사가 물었다.

"음…."

경찰, 특히 라마스에서 경찰을 부르는 말, 젊은 남자, 머리를 기르는 젊은 여자를 칭하는 말들이 하이아와 라인의 머리를 빠르게 스쳐지나갔다.

"미리 말하지만 머리를 자를 거면 다시 생각하는 게 좋을 거다."

"자를 생각도 안했어요."

하이아의 말에는 오래된 체념이 담겨 있었다.

카트가 음식을 실어왔다. 카트와 식탁이 닿은 면이 무빙로드처럼 움직이며 음식을 식탁 위로 옮겼다.

"라비헴은 유령도시야."

"3천 5백만이 사는 메가시티를 유령도시라니요."

하이아가 말했다.

"수십만 명의 사람들을 한구석에 몰아놓고 굶기고 있는 도시지. 결혼은 언제 할 거냐? 난 구식이니 요즘은 그런 말 하는 거니 마는 거니 하는 소리는 꺼낼 생각도 마라."

언제나처럼 리안 박사는 자기 할 말만 했다.

"아마, 곧… 시간이 날 것 같아요."

"라마스가 무인 감시 시스템에 들어간 대가로 얻은 시간이지."

하이아의 몸에 일순 힘이 들어갔다. 본디 거침없는 아버지지만 오늘은 무언가가 신경에 거슬렸다.

"날짜는 너희가 정해도 장소는 히말라야다."

"네."

식사를 마치자 리안 박사는 바로 가방을 들었다.

"간다."

"택시 불러드릴게요."

택시 호출 시스템에 링크할 생각만으로도 머리가 복잡해진 리안 박사는 저지하지 않았다. 대체 뭐가 편해졌다는지 모를 일이었다. 그들이 일어서자 카트가 와 빈 접시를 수거하고 천장에서 내려온 세척기가 자리를 정리했다.

"많이 피곤해?"

라인이 물었다.

"조금. 하지만 이대로 집에 가긴 싫어."

두 사람은 한 층 위인 바로 가서 각기 병맥주를 하나씩 골랐다. 천장에 있는 무빙로드가 움직이며 그들의 앞에 맥주병을 내려놓았다.

"이게 이상한 걸까?"

맥주를 따며 하이아가 읊조렸다.

라비헴은 지어진 지 50년 된 거대 도시 중 가장 젊은 도시였다. 처음부터 계획되어 지어졌고 최첨단 시스템이 가장 빠르게 정착되는 곳이었다. 음식점들이 무인 시스템으로 바뀌기 시작한지 꽤 되어 하이아는 종업원이 없는 가게에 익숙했다. 히말라야에서는 호출 벨을 여러 번 눌러야 종업원이 오기도 했던 터라 오히려 편하게 느껴졌다. 하지만 무인 시스템은 서빙 아르바이트로 학비를 벌던 학생들이 학교를 떠나게 만들었다.

"조용해서 좋다."

라인이 말했다. 아까는 리안 박사를 생각해 일부러 창가를 잡았지만 이번에는 구석 자리였다. 전광판에 뜨는 뉴스와 광고를 피하고 싶었다.

하이아가 라인의 어깨에 이마를 기댔다. 라인도 하이아에게 무게를 실었다. 치료받지 못한 화상을 그대로 드러내고 있는 사람들의 시위를 막은 게 불과 몇 시간 전이었다. 그런데 아버지를 만났고 결혼에 대한 잔소리를 들었다.

"사람이 필요한 일이 점점 줄어들어 가던 무렵, 경찰은 안정적이라는 말을 들었어. 그래서 지원했지. 그런데 어젯밤인가? 신입이 한 말….'

하이아가 나직하게 입을 열었다.

"이런 일을 하려고 경찰이 된 게 아니라던 말?"

"이상하게 그 말이 계속 맴돌아. 대단한 사명감을 가지고 경찰이 된 건 아닌데도….'

"부전여전이야."

라인이 싱긋 웃었다. 리안 박사는 어떤 일이든 즉각 반응한다면 하이아는 느린 편이었다. 하지만 일어난 일을 되새기며 답을 찾아가는 면모는 부녀가 꼭 닮았다.

"이번 공연, 레이는 왜 참석 안 한대?"

하이아가 문득 물었다. 라인이 자긴들 알겠냐는 듯 어깨를 으쓱했다.

"원래 멋대로잖아. 팬들은 그게 매력이라고들 하고…."

폭동으로 체포된 사람은 보도와 달리 무려 천 명에 육박했다. 체포는 진압로봇이 하더라도 취조는 사람이 해야 했다. 기계적인 질문으로는 용의자의 내면에 있는 말을 끌어내지 못하기 때문이었다. 본디 라마스 전담국의 일이었으나 경찰국에도 500명 가량이 할당되었다.

"여기 화면을 보세요."

라인이 체포된 남자에게 말했다. 화면에 남자가 '올라 타!'라며 다른 사람들을 독려하는 모습이 나왔다.

"왜 폭동을 주도했습니까?"

"불이 났으니 일단 도망쳤지만, 집이 어떻게 되었는지 확인하려고 했던 것뿐이라고요! 그런데 막으니 도리 있습니까? 왜 집에 못 가게 하는 겁니까?"

누가 폭동의 주모자인지 묻는 질문에 대한 답은 거기서 거기였다. '집이 무사한지 보고 싶었다', '치료받고 싶었다'였다. 오히려 질문을 받는 건 경찰이었다. '우리 집은 무사한가?', '소방헬기는 왜 늦게 왔느냐?', '우리 아이를 찾아 달라' 등등이었다.

라인만이 아니라 취조하는 경찰도 답답하긴 마찬가지였다. 즉흥적으로 일어난 시위로 주모자가 있다고 생각하기는 어려웠다. 목소리가 크고 순간적으로 아이디어를 낸 사람들을 주모자로 몰고 있다는 건 모든 경찰이 아는 사실이었다.

다음 사람으로 넘어가려는데 국장이 찾는다는 전갈이 왔다. 라인이 국장실에 가니 하이아도 와 있었다.

"주모자는 찾았나?"

"정말 주모자가 있다고 생각하십니까?"

라인이 피로와 의문을 담아 물었다.

국장이 앉으라는 듯 의자를 가리켰다. 하이아와 라인은 국장이 호통칠 때보다 긴장했다. 혼낼 때만 부하 직원을 부르는 국장이 앉으라고 권하는 건 처음 있는 일이었다. 그들은 방문객용 소파에 엉덩이를 붙였다. 자기 자리에서 일어난 국장도 소파 상석에 앉았다.

"화재 원인을 조사하게."

"화재 조사를 소방국이나 라마스 전담국이 아닌 저희가 맡습니까? 국장님도 라마스 화재사건의 배후로 시장을 의심하시나요?"

하이아가 물었다.

국장의 굵은 눈썹이 별개의 생물처럼 꿈틀거렸다.

"화재가 발생한 시각까지 라마스는 경찰국의 관할이었어. 우리에게도 조사할 권한이 있네. 화재는 라마스 아이들의 불장난이나 쓰레기를 태우려던 불이 번진 걸로 거의 확정지어지고 있어. 화재가 일어난 지 열두 시간 만에 내려진 결론이네. 언론은 시위대 중 과격했던 이들의 모습만 내보내고 화재로 인한 사상자들에 대해서는 보도하지 않고 있어."

인정한 것과 다름없는 말이었다.

"라마스 전담국은 왜 현장을 통제하는지 주민들에게 제대로 고지하지 않았습니다. 살던 곳이 불타 절망에 빠진 사람들을 극한으로 몰아붙인 겁니다. 시위를 유도한 거나 다름없습니다. 경찰의 역할은 거기서 뭐였습니까? 라마스 전담국의 보조로 벽을 세우는 것? 그게 우리 경찰의 일입니까?"

라인이 따졌다.

"라마스 지구에 한해서는 전담국이 우리보다 위고 우린 지시를 따라야 해. 현재 관련 법령이 그렇지."

"그럼 자기들이 알아서 하던가요. 체포된 이의 반을 우리에게 넘기지 않았습니까?"

국장은 검지로 팔걸이를 두어 번 두드렸다. 그도 답답하긴 마찬가지였다. 국장이 느리게 입을 열었다.

"요즘 홀로그램 가수 전용 공연장을 지어야 한다는 뉴스가 자주 보이네. 현재 라비헴에서 새 공연장을 지을 부지가 어디겠나?"

"라마스군요."

라인이 신음을 흘렸다.

"오래 전 한국에서 첫 올림픽이 열렸을 때 수도권에서만 72만 명의 사람들이 거주지에서 쫓겨났지. 정부에서 자행한 빈민에 대한 테러 중 가장 대규모에 속하지만 베를린, 멕시코, 베이징, 아테네, 다 마찬가지였어. 그 전에도, 그 후에도, 지금까지도 이어지는 일이지. 공연장이나 스포츠 경기장 건축, 공원과 산책로 조성은 도시에서 빈민을 몰아내는 가장 큰 사업이야. 건축사는 돈을 벌고 정치인은 막대한 뒷돈을 챙기지. 시장이 새 공연장 건축에 관여하고 있는지는 전담팀이 꾸려져 있네. 마약까지 건드리고 있는지도 면밀히 조사하라 지시했어. 별도로 경찰국 내에 라마스 전담 부서를 만들려고 해."

"왜 저희입니까?"

"라마스 사람들에게 신임을 얻은 경찰이니까. 사회사업가들도 만나기 어려운 루나가 자네들은 불렀잖나. 직급이 낮고 사건 종결률은 최저니 시장의 눈에 띄지도 않겠지."

마지막 말에 하이아와 라인의 몸에서 솜털이 비쭉 솟았다.

"마약 건을 제대로 캐려면 라마스 내부의 협력이 필요해. 라마스 사람들을 다시 라비헴에 편입시키기 위해서도 내부에서 어떤 일이 일어나는지, 사람들이 어떻게 살아가는지 제대로 알아야 해. 이번 화재 건부터 조사하며 라마스를 샅샅이 살피게. 아직 공식적인 부서는 아니니 보고는 나에게 직접 하도록."

"그런데, 그걸 저희… 둘이서 말입니까?"

라인이 질린 얼굴로 물었다.

국장이 화내는 모습보다 살벌한 웃음을 지었다.

"자네들이 라비헴 범죄발생률에 얼마나 일조했는지 알고 있지? 강등되지 않는 거나 다행으로 여기게."

정신 차려보니 하이아와 라인은 쫓겨나듯 국장실에서 나온 다음이었다.

"우리가 범죄발생률을 늘린 게 아냐! 범죄가 발생하니 늘어난 거지! 우린 그냥 발생한 사건을 접수했을 뿐인데⋯."

하이아가 뒤늦게 항의하는 말을 쏟았으나 본인도 덧없는 소리라는 걸 알았다.

"접수하는 데에만 바빠 막상 해결할 시간이 없다는 건 우리도 답답했잖아."

라인이 위로하듯 말했다.

"시간만의 문제는 아니었지만⋯. 그래, 해 봐야지. 하라는데. 둘이서 화재 원인을 조사하고, 라마스 내부에서 일어나는 일들도 캐고, 또 라마스 사람들이 라비헴에 재편입될 방법도 찾고⋯."

하이아의 눈 아래로 다크서클이 가로등을 등진 그림자처럼 늘어졌다.

"일단 화재 영상부터 살피자."

"응."

그들은 영상자료실로 갔다. 소방국에서 넘긴 자료는 이미 화재가 상당히 진행된 뒤였다.

"역시 뭔가 이상해. 늦게 출동한 것도 그렇고, 현장 파악을 위한 드론도 안 보냈었나? 일단 그날 출동한 경찰 에어카에 찍힌 영상부터 확인할게."

"난 올림포스를 살필게."

라인은 경찰 에어카 카메라를 확인하고 하이아는 올림포스에 들어갔다. 올림포스는 누구나 직접 찍은 영상을 올릴 수 있는 영상 전용 플랫폼 중 사용자가 가장 많은 곳이었다. 고작 이틀 지났을 뿐인데 화재 영상은 벌써 수만 건이 올라와 있었다. 죽어가는 사람들, 살려 달라 절규하는 사람들이 모자이크조차 없이 나왔다. 죽음이 전시되는 현장이었다. 아이들의 불장난으로 인한 화재가 아니라는 주장이 있어 재생시켜 보니 고양이에 대한 이야기가 나왔다. 불길이 번지는 모양으로 인한 유추인데 '라마스 사람들이 배가 고파 고양이를 잡아 구워 먹으려다 불이 났다'는 근거 없는 비난과 우롱이었다.

머리를 흔든 하이아는 최초 화재 신고를 전후한 시간대에 올라온 영상부터 나열하는 검색 엔진을 작동시켰다.

"이거, 이거…!"

하이아는 비속어를 기피했다. 하지만 감정은 단어만이 아니라 어조에서도 드러났다. 보통 욕설을 퍼부을 때 나오는 격한 어조에 그가 보는 영상을 본 라인이 혀를 깨물었다. 입 안에서 비릿한 피 맛이 감돌았다.

화재 현장 영상을 바베큐, 생선구이와 교차 편집한 영상이었다. 몸에 불이 붙은 사람들을 클로즈업 해 '레어', '미디움' 따위로 표현하고, 불길에 갇힌 어린아이의 모습에는 '영계가 맛있지' 따위의 자막을 달았다. 댓글은 더 가관이었다. '아깝게 다 타버렸네', '탄 부분만 도려내면 됨', '여기가 불멍 맛집이라면서요?'

의자를 넘어뜨리듯 일어선 하이아가 호흡을 골랐다. 라마스 사람들에 대해 갖은 비하와 조롱이 오가는 거야 익히 알고 있었으나 화재 현장을, 고인과 부상자를 이런 식으로 다루는 건 충격이었다. 불꽃놀이에 합성하고, 원경에 오줌으로 불을 끄는 애니를 삽입하고….

"제기랄!"

기어이 거친 말을 내뱉은 하이아가 다시 화면 앞에 앉았다.

"범인도 찍었을 수 있어."

하이아가 찾고야 말겠다는 의지를 불태웠다. 라인은 헤렌에게 연락했다.

"소방국에서 온 건 이게 다야?"

"어디야?"

"영상실."

"기다려."

헤렌이 바로 영상실로 왔다.

"직접 가서 받아온 거야. 진짜 그게 다야. 애초에 안 찍은 거다."

"찍을 의지 자체가 없었다?"

"그런 것 같아. 지금 시위로 체포된 사람들 조서 작성에 다들 붙들려 있어서 빼 줄 인원이 없네."

"거기까지 의도된 걸까? 시위가 아니었다면 우리 팀 전체가 이 일에 매달렸을 상황이야. 소방국도 조사해야 해."

영상을 일시 정지한 하이아가 말했다. 영상실에 한기가 돌왔다.

"가능성 있지. 시위 영상을 볼수록 일부러 출입을 통제하고 치료를 지연시켜 시위를 유도했다는 생각을 떨칠 수가 없거든. 테리 투입 반대 여론을 가라앉히려는 수작 같아."

헤렌이 동의했다.

"그래서 그렇게 많이 체포한 건가? 누구든 주모자로 몰려고? 유치장으로는 턱도 없으니 교도소에까지 임시 수용했을 정도잖아."

"1,023명이야. 전담국을 만든 명분도 필요했나 봐. 전담국은 8할이 신입이야. 조서 작성도 제대로 할 줄 몰라. 경력자는 아무것도 모르는 신입들을 끌고 일하느라 혼이 나갔지. 그러니 우리에게 반이 넘어온 거야. 진짜 문제는 전담국이 말 그대로 아무나 뽑았다는 데 있어."

헤렌의 눈이 하이아가 막 멈춘 화면, 불판 위에서 구워지는 모습으로 연출한 화재 영상에 가 닿았다.

"전담국에는 저런 영상을 만들어 올리고, 축제니 뭐니 하는 댓글을 다는 놈들이 전혀 걸러지지 않았어."

"그런 사람들 위주로 뽑은 건 아니고?"

"그 정도… 까지라고는 생각하고 싶지 않네. 뭘 가리고 자시고 할 여력이 없었던 거겠지…. 전담국의 2할은 경찰국에서 이직한 사람들이야. 우리도 갑자기 인원이 비었는데 전담국 홍보가 다 잡아먹고 있으니 자원자가 없어. 전담국은 시장이 직접 지휘하는 조직이잖아. 시장이 병정놀이인 줄 아는 거지. 후, 행려들….”

헬렌이 이를 갈았다. 헨리 행크스 시장에게 투표한 사람들을 발음이 비슷하다는 이유로 행려병자에서 따온 행려라고 불렸다.

“나도 잠깐 같이 볼게.”

헬렌이 자리에 앉았다. 세 사람은 말없이 영상만 봤다.

하이아가 목 뒤를 주물렀다. 계속 보다 보니 머리가 이상해지는 것 같았다.

“잠깐 쉬자.”

3시간 후 헬렌이 말했다. 하이아는 영상을 정지시켰다. 세 사람은 영상실을 나왔다.

“가 있어.”

라인이 화장실 쪽으로 몸을 틀었다.

휴게실에서 커피를 뽑으며 헬렌이 입을 열었다.

“세바스찬사는 라비헴에 본사를 둔 회사야. 로봇청소기부터 테리, 경찰용 진압로봇, 군용 로봇까지, 로봇 산업에서는 빠지는 곳이 없어. 라비헴은 연합 도시라 군대는 없지만 현재 라비헴 경찰국에서 쓰는 로봇의 6할이 세바스찬 제품이야. 전담국은 9할이고. 1할은 구색 맞추기로 들어간 다른 회사지. 전 시장부터 시작해 현 시장까지 이어진 유착 관계야. 아직 증거가 없을 뿐. 너도 전 같으면 바로 알아차렸을 일이야. 국장은 전담국을 반대했지만 나는 전담국이 창설되길 바랐어. 일선 경찰들이 라마스의 자질구레한 일만 좇느라 전체 그림을 못 보게 하니까."

"경찰 진압로봇도 굳이 신형으로 바꿀 필요 없었어. 테리 투입은 라마스 시민과 라비헴 시민을 가르는 벽을 더 높일 거야. 말이 범죄 예방이지, 라마스 시민 전체를 범죄자 취급하며 일거수일투족을 감시하겠다는 거잖아."

하이아가 차갑게 말했다. 경찰국이 어떻게 돌아가는지 모르지 않았다.

"국장은 라마스 시민들이 다시 라비헴으로 편입될 길을 찾고 싶어 해. 그런데 그게 국장이 할 일인가? 정치인이 할 일이지."

"범죄 예방 또한 경찰의 일이야."

"원론적으로야 그렇지. 그 원론을 따르려면 범죄가 일어나지 않을 환경을 만들어야 하고. 그래서 국장은 자기 식으로 라마스 문제를 해결할 팀을 만들려고 해."

잠시 말을 끊었던 헤렌이 불쑥 물었다.

"라인과 진짜 결혼할 거야?"

"응?"

"넌 유능한 경찰이야. 종결률이 낮았던 건 요령피우지 않았다는 거고. 라마스 내 사건을 해결한 숫자만 따지면 네가 부서 1위야. 경력 안 아까워?"

"전에는 나와 라인을 응원하는 말을 했던 것 같은데…."

하이아가 라인에 대한 자기 마음을 인지하기 전부터 헤렌은 그의 마음을 알아차리고 있었다.

"연애만 해. 결혼이라는 제도 속에 군이 들어갈 이유가 뭐야? 결혼하면 남자 성으로 바꾸는 거 웃기지도 않아. 아버지의 성에서 남편의 성으로, 무슨 중세시대야? 국장은 라마스팀에 너희를 넣을 생각이야. 라인이 먼저 승진해도 괜찮겠어? 이러니저러니 해도 결혼하면 여자가 불리해진다고. 아이가 생겨 봐. 설마 생각 안 해본 건 아니겠지? 아무리 너라도?"

헤렌이 하이아를 응시했다.

"생각, 안 해본 건 아니야."

하이아도 출산 휴가를 쓰거나 육아 휴직을 한 사람이 승진에서 밀리는 경우를 왕왕 봐 왔다. 유아원에 아기를 맡긴다고 해도 아이에게 일이 생기면 일하다 말고 반차를 써야 했다. 현장에 출동했는데 아이가 갑자기 아프기라도 하면….

"결혼은 인간이 만든 제도 중 제일 오래된 제도이자 최악의 제도지. 이게 왜 안 없어지는지 모르겠어."

라인이 휴게실 문을 열었다. 헤렌은 빈 컵을 세척기에 넣었다.

"그럼 수고."

헤렌이 나간 뒤 라인이 물었다.

"헤렌이 무슨 이야기했어? 표정이 심각해."

"세상에 영원한 건 없다지. 언젠가 지금 제도가 사라지거나 제도 자체가 획기적으로 변화할 수도 있어. 그렇지만 아버지가 잔소리하는 건 가족이니 그렇다고 받아들여도, 왜 다른 사람까지 왈가왈부하는 거지?"

하이아가 벽에 등을 기댔다.

"경력 문제구나. 당장 아이를 가질 계획이 있는 건 아니잖아. 결혼식부터 언제 날을 잡을 수 있을 지도 모르는 걸. 그리고 내가 육아휴직을 신청할 수도 있어."

라인이 이미 여러 번 생각해본 듯 확고하게 말했다.

"결혼하고, 아이를 낳고 키우는 일이, 언제부터 이렇게 비장한 일이 되어버린 걸까⋯."

하이아가 식은 커피 잔을 쓸었다.

"대가족 시대에는 온가족이 같이 아이를 돌봤지. 1차 보호자는 어머니라고 해도 조력자들이 곁에 있었어. 핵가족 시대가 되면서 가족의 도움을 받기 어려워졌지."

라인이 쓰게 말했다.

"여성이 직업적 성공을 꿈꿀 수 있는 시대가 열렸고 말이지. 하지만 사회의 발전 속도와 생물의 진화 속도는 일치하지 않아. 아이들은 여전히 24시간 보호자를 필요로 하니까."

"아버님의 표현을 빌려 인류역사상 처음으로 어머니가 온전히 아이를 돌보지 않는, 않아도 되는, 혹은 않아야 하는 시대에 들어선 거지."

"그래서 육아를 위해 커리어를 포기하는 여성은 다른 여성의 반면교사가 되어버리는 건가."

"혹시⋯ 아이를 원하지 않는다면⋯."

라인이 조심스럽게 입을 열었다.

"모두 다 1년씩 휴가를 받으면 되잖아."

하이아가 라인과 동시에 말했다.

"응?"

"다 의무적으로 최소 1년은 쉬게 하는 거지. 그 시간에 아이를 키우든, 여행을 가든, 자기계발을 하든, 마음대로 하고 말이야. 모두 쉬면 휴직이 불이익이 되지 않을 거 아냐?"

"그러네…. 정책 결정자들이 그렇게 움직여 줄까 싶다만…."

"커피 마셔. 잠깐 쉬고 들어가자. 잡아야지, 불 지른 놈."

하이아가 기운차게 말했다.

짧은 휴식을 마친 두 사람은 영상실로 돌아갔다. 라인도 함께 올림포스를 뒤졌다.

"이거다!"

하이아가 소리쳤다. 어둠 속에서 작은 불꽃이 일더니 빠르게 움직이며 불이 번지기 시작했다.

"불이 나기 전부터 찍었어."

라인도 확인하고 말했다.

영상을 올린 사람은 가상 IP를 썼지만 사이버 부서에서 곧 주소를 알려왔다. 하이아와 라인은 경찰들을 데리고 출동했다. 범인은 집에 있었다. 하이아의 집과 유사한 구조의 6평형 원룸이었다. 이름은 존 데이먼, 나이는 23세, 현재 휴학 중인 학생이었다.

"누군가에게 이용당했다?"

등받이에 몸을 기대며 국장이 물었다.

"그럴 가능성이 높아 보입니다. 말투나 행동이 불안정하고 손을 떨어 약물 검사를 실시한 결과 세 가지 마약에 양성 반응이 나왔습니다."

존 데이먼은 처음에는 자기는 모르는 일이라고 잡아뗐다. 하이아가 그에게 그의 증강폰 내비게이션 기록을 보여 주었다. 그의 집에서 화재발생 장소까지 간 이동경로가 떴다. 데이먼은 중간에 폰을 잃어버렸다가 다시 찾았다고 주장했다. 토호 지구와 라마스 경계에는 감시카메라가 없기에 우기는 것이었다. 그러나 증강폰에는 그의 지문밖에 없었다.

하이아와 라인은 데이먼의 폰에 링크된 카드번호로 등유와 드론을 산 가게를 찾았다. 하지만 두 가게 다 감시 카메라는 작동하지 않았다. 토호 지구에는 감시 카메라를 달아만 놓고 실제 쓰지는 않는 경우가 많았다. 그걸 노려 온라인으로 주문하지 않고 직접 매장에 가서 산 것 같았다. 카드도 그의 명의가 아니었다. 데이먼은 그 카드번호로 월세를 지불하고 각종 생필품을 사고, 술도 마셨다. 그러나 그는 우연히 알게 된 카드번호를 썼을 뿐, 등유와 드론을 산 건 자기가 아니다, 자기처럼 그 카드번호를 아는 다른 사람들이 있다는 말만 반복했다.

데이먼의 이력을 살핀 하이아와 라인은 경찰 소속 심리 분석가에게 협력을 요청했다. 심리 분석가가 그를 면담하며 마음을 다독이자 무너진 데이먼이 자기 짓이라고 실토했다.

"존 데이먼은 어떤 자지?"

"로스앤젤레스 출신으로 4년 전에 라비헴으로 왔습니다.

알코올 중독자였던 아버지는 수시로 폭력을 휘둘렀다고 합니다. 일곱 살 때 부모님이 이혼한 뒤 외할머니 손에서 컸습니다. 어머니는 열세 살 무렵 연락이 끊겼습니다. 열여덟 살에 외할머니가 죽자 혼자가 됩니다. 라비헴은 장학 제도가 잘 되어 있어서 라비헴으로 와 대학에 진학했습니다. 같은 과 학생 말이 외로움을 많이 타고 의존적이었다고 합니다. 종종 폭음을 했는데, 그래도 수업은 들어왔고 과제도 제출했습니다. 하지만 결국 술에 진 거죠. 지난 학기에는 수업에 늦기 시작하다가 시험도 치지 못했다고 합니다. 성적이 떨어져 장학금을 받지 못해 휴학한 뒤로는 학교에서 연락한 친구가 없습니다."

라인이 대답했다.

"전형적인 실오라기 인생이군."

국장이 읊조렸다.

실오라기는 어려서부터 지탱할 가족이 없이 자란 이들을 지칭하는 말이었다. 여건이 갖춰지면 학업이나 직장 생활 등을 성실히 수행하기도 하지만 술과 도박, 마약에 쉽게 빠지며, 누가 조금만 친절하게 대해도 마음을 열어 사기를 잘 당했다. 심리 분석가는 그 점을 파고들어 답을 이끌어냈다.

"누구에게 이용당했다는 거지?"

"현재로서는 정황뿐입니다. 시크릿을 썼거든요. 설정 시간은 5분이었습니다."

국장의 이마에 깊은 고랑이 패었다.

시크릿은 채팅앱 중 가장 악명이 높았다. 사용자가 설정한 시간이 지나면 자동으로 대화가 삭제되었고, 대화가 멈추고 역시 설정 시간이 지나면 대화창 자체가 삭제됐다. 삭제된 대화와 대화창은 복구가 불가능했다. 시크릿 본사는 애초에 서버에 대화를 저장하지 않았다.

"거짓말을 하고 있을 가능성은?"

"거짓말 탐지기는 통과했습니다만 탐지기가 완벽하지는 못하죠. 그래도 SNS에는 메시지가 남아 있었습니다. 데이먼은 SNS에 모레 월세를 내지 못하면 방에서 나가야 한다, 이제 내가 갈 곳은 라마스뿐이다, 라는 신세한탄 글을 올렸습니다. 몇 시간 뒤 돕고 싶으니 시크릿 아이디를 알려달라는 메시지가 왔습니다."

데이먼은 밑져야 본전이라는 생각에 아이디를 알려주었다. 상대는 자기도 젊은 시절 어렵게 살았다며 카드번호를 줬다. 그 뒤 상대는 종종 데이먼에게 말을 걸었으나 데이먼은 상대의 아이디를 몰라, 그쪽에서 먼저 말을 걸 때에만 대화를 할 수 있었다. 자기 이름은 네로라고 했으나 데이먼도 그게 본명이라고 생각하지는 않았다.

심리분석가는 네로가 데이먼에게 라마스에 대해 안 좋은 이야기를 하며 조금씩 그를 조종하기 시작한 걸로 보인다고 말했다. 네로는 월세와 등록금이 비싼 건 라마스가 세금을 잡아먹는 귀신이기 때문이고, 정부가 성실히 공부하며 산 그는 외면하면서 라마스에 대해서는 각종 보조 정책을 실시한다고 했다. 불장난에 대한 말을 흘리고, 먹이로 유혹해 길고양이를 잡는 법까지 알려줬다. 당일에 그가 시행을 주저하자 카드를 끊겠다며 협박을 했다. 네로는 내내 라마스에 가면 화장실도 없는 열악한 곳에서, 똥오줌이 뒤섞이고 벌레가 득실거리는 오염된 물을 마셔야 한다며 라마스에 대한 그의 공포를 부채질했다. 가족도, 이렇다 할 친척이나 친구도 없는 그가 월세를 내지 못하면 갈 곳은 라마스뿐이었다.

"카드 주인은?"

"사라진 사람입니다."

"으음…."

사라진 사람이란 사업에 실패하거나 기타 이유로 잠적한 사람으로, 쉽게 말해 명의 도용이었다.

"심리분석가는 존 데이먼이 거짓말을 하고 있을 가능성은 낮다고 판단했습니다. SNS에 남은 메시지도 그의 말이 사실일 가능성을 높였습니다. 메시지를 보낸 곳의 IP를 추적해 보니 최소 4~5개국을 거치며 세탁했더군요. 사이버 부서에서도 찾기 어려울 거라고 할 정도로 전문적인 해커입니다."

"데이먼에게만 한 이야기는 아니었을 겁니다. 여러 사람에게 미끼를 던졌고, 그중 데이먼이 먹힌 겁니다."

라인과 하이아가 번갈아 말했다.

"화재 영상을 찍어 올린 이유는 뭐야? 가상IP라 안 걸릴 줄 안 건가?"

"아무 생각 없었던 겁니다. 소소한 일상을 다 업로드하는 시대니까요."

라인이 자기도 기가 차다는 표정을 지었다.

불을 지르기로 결정한 순간 영상을 찍어 기록하는 건 숨 쉬듯 자연스러운 일이었고 찍은 영상을 올리는 것 또한 그러했다.

"…알겠네. 그 건은 사이버 부서에게 맡기지. 화재가 잡혔으니 내일 오전 중으로 테리가 투입될 거야. 라마스 전담국에서 규정대로 정보를 공유하는지, 개발제한구역에 진짜 대마 재배지가 있는지 곧 판명되겠지."

"테리로 대마 재배지를 찾아도 그게 어떤 경로로 팔리는지는 키우는 당사자도 모를 텐데요. 바깥에서 들어오는 마약은요?"

"재배지부터 찾으면 또 길이 보이겠지."

"저희는 다시 취조 업무로 돌아가나요? 화재 영상도 둘이 점검하기에는 버거운 양이었습니다. 경찰이 라마스 전담국 뒤치다꺼리를 하는 사람은 아니지 않습니까?"

국장의 얼굴이 험악하게 일그러졌다.

라인은 아차 싶었다. 화재 조사부터 시작해 존 데이먼을 잡고 취조하기까지 계속 일손 부족에 시달리다 보니 스트레스가 극에 달해 겁을 상실한 것이다.

국장이 나가라는 손짓을 했다. 하이아와 라인이 나간 뒤 국장은 신경질적으로 책상을 두드렸다.

"천 명을 체포한 건 우리 쪽 업무를 마비시키겠다는 건가, 아니면 멋대로 창설한 부서를 제대로 운용할 능력이 없는 건가? 어느 쪽이든 이대로는 안 돼."

그는 비서 앱에 명령했다.

"라마스 전담국장 연결."

헤렌 수이가 3팀을 앞에 두고 일을 배정했다.

"짐과 제안은 주얼리숍 테러를 맡고, 하이아와 라인은 토호 지구 테러 사건을 조사한다."

"시위자 조사는 이제 끝난 건가요?"

한 경찰이 물었다.

"원래 전담국 일이잖아."

"국장이 한 건 했네."

제안이 살았다는 듯 팔을 위로 쭉 뻗어 스트레칭을 했다.

해일처럼 몰아치는 서류 작업, 무턱대고 주모자를 찾는 일에서 벗어난 경찰들은 쌍수를 들고 환영했다.

"신입, 영웅 됐던데, 한턱내야 하는 거 아냐?"

"저도 6개월 차인데 신입 소리 좀 떼세요!"

한 경찰의 말에 신입이 뒷머리를 긁었다. 에어카의 안전벨트마저 푼 채 노인을 구한 영상이 올림포스에 퍼지며 그는 현재 영웅처럼 추앙받고 있었다.

"젠장, 누군 천하의 쳐 죽일 놈이 됐는데…."

짐이 쓰게 내뱉었다. 다들 머쓱하니 눈을 피했다.

"라인, 하이아, 잠깐 나 좀."

헤렌이 그들을 따로 휴게실로 데려갔다. 그는 답지 않게 손톱 끝을 잘근잘근 물며 시간을 끌었다.

"무슨 일이야?"

하이아가 물었다.

"폴리가 구치소에 있어."

헤렌이 던지듯 말했다.

"뭐? 어쩌다?"

커피를 따르던 라인의 손이 멈췄다.

"라마스 시위 현장에서 체포됐어."

"폴리가… 푸른리본에서 일한댔지?"

하이아가 흐릿한 기억을 더듬었다. 폴리의 결혼식장에서 얼핏 들었다. 하객 중에는 푸른 리본을 단 사람들이 많았다.

"직접 가지? 언니잖아."

라인의 말에 헤렌이 신경질적으로 머리카락을 쓸어 올렸다.

"만나봐야 싸우기만 할 걸. 난 푸른리본을 반대하니까."

"혜에?"

"전 세계 슬럼 지구를 돕니 어쩌느니 해도 결국 다국적 기업이라고. 기업은 정부와 결탁해서 서로의 이익을 증대시키지. 푸른리본이라고 다를 것 같아? 이사급은 은퇴한 공무원과 사업가야. 실무자라고 다 사명감을 갖고 일하는 건 아냐. 월급쟁이지. 후원금을 내는 시민들의 99퍼센트는 슬럼 근처에도 가 본 적 없는 사람들이고. 푸른리본은 사회사업이라는 명분으로 돈 버는 게 목적인 거대 기업이야.

폴리에게 이런 말을 하면 테리가 대안이 되느냐고 따지지. 하루에 신고되는 범죄만 수백 건인 곳에 감시 카메라를 안 놓으면 그거야말로 직무 유기야. 라비헴에 감시 카메라가 없는 곳은 라마스뿐이라고. 설치하는 족족 떼서 분해해서 팔아버리니 테리로 바꾼 것뿐이야. 경찰의 당연한 대응이잖아.”

헤렌이 지긋지긋하다는 표정을 지었다. 이제껏 폴리와 물리도록 반복한 이야기인 듯했다.

“만나면 싸울 텐데 걱정은 되고, 그래서 우리더러 가달라는 거야?”

라인이 피식 웃으며 물었다.

“푸른리본 활동을 하려면 해! 그런데 시위 현장은 왜 가? 다치면 어쩌려고!”

허리에 양손을 짚은 헤렌이 숨을 깊이 들이마셨다.

“부탁할게.”

자존심이 강한 헤렌의 입에서 부탁한다는 말이 나왔다.

“네 부탁이 아니더라도 폴리 일이잖아. 현장 조사 마치고 가볼게.”

하이아와 라인은 에어카에 올랐다. 자동운행으로 설정한 뒤 1차 조사 보고서를 열었다. 폭파 신고는 어제 6시 9분 11초에 들어왔다. 집주인인 로버트는 27세로 현장에서 사망했다. 검시 보고서에는 조각조각 난 어른과 아이의 신체 사진이 첨부되어 있었다. 로버트는 혼자 살았고, 아이의 신원은 미상이었다. 남은 옷가지로 라마스 출신으로 추정할 뿐이었다. 두 사람은 현장 조사 영상에 링크했다. 철거한 직후처럼 파괴된 현장이 직접 그 자리에 있는 것처럼 생생하게 펼쳐졌다. 하이아는 부서진 금속을 확대했다. 전문적인 영상 장비였다.

"이거…."

하이아의 목소리가 차갑게 가라앉았다.

"아동 포르노를 찍고 있던 걸까?"

라인의 전신에 힘이 들어갔다.

"폭발 지점이 침대 위야. 아이와 로버트가 바짝 붙어있을 때 터졌어."

"검시보고서에도 아이 혹은 로버트의 몸에 폭발물이 장착되어 있었을 거라고 되어 있었지. 아이 쪽이었나…."

라인의 잇새에서 신음이 흘렀다.

현장은 반구형으로 경찰 차폐막이 설치되어 있어 내부는 보이지 않았다.

"사건이 난 지 하루가 지났는데 차폐막만 쳐놓고 이제 옵니까?"

그들을 본 이웃 여자, 벨라가 앙칼지게 항의했다.

사건 발생 시각은 라마스에서 시위가 벌어졌을 때였다. 동원 가능한 경찰은 모두 진압로봇에 링크했을 때라 출동할 인력이 없었다. 부상자가 발생하지 않았고 자동 소화기가 장착된 거리라 2차 피해로 이어지지 않아, 경찰에서는 현장보존로봇을 보내 차폐막을 쳐 현장을 보존시켰다. 소방서에서는 소방로봇을 보내 화재를 잡았다. 시신은 무인 의료로봇이 수거했다.

"집주인인 로버트 씨와는 잘 아는 사이입니까?"

라인이 물었다.

"이웃이고 오며가며 얼굴이나 본 정도죠. 그래도 로버트 씨가 라마스 애들에게 얼마나 잘했는지는 알아요. 배고프다고 찾아오는 애들 거둬서 먹이고, 재우고, 고맙다는 말 한마디 없이 가면 가는 대로 놔두고. 내가 그러다 호구된다고 뭐라고 하면 허허 웃고 마는 사람이었다고요! 그런데 그 라마스 애들이 한 짓을 보세요!"

"사건 전후로 라마스 아이가 집에서 나오는 걸 목격했습니까?"

"아뇨, 하지만 뻔하죠. 달리 누가 그랬겠어요?"

사건 후 첫 경찰 방문이라 주민들이 몰려 있었다. 다른 이웃들도 열 살 미만의 라마스 아이들이 드나드는 모습을 종종 봤다고 대답했다.

"알겠습니다. 더 물어볼 게 있으면 다시 오겠습니다."

하이아와 라인은 차폐막에 링크하고 안으로 들어갔다. 조금 전 본 영상과 같은 장면이 펼쳐졌다.

"다른 주민들은 우리 눈을 피했어. 대부분 로버트가 하는 일을 짐작하고 있던 거야. 벨라만 난리를 쳤지. 공범이거나 입 막음을 대가로 돈을 받고 있었을 지도 몰라. 벨라의 계좌도 조사해야 해."

"감식반에서도 아직 안 왔던 모양이네."

"죄 라마스 화재 현장에 불려가 있으니…."

"아동범죄다."

"응."

그들은 감식반에 즉시 현장으로 인원을 보내라고 연락했다.

현장을 나온 그들은 에어카에 올랐다. 라인은 눈을 감고 턱을 물었다. 사건을 조사하다 보면 문제의 포르노를 보게 될 지도 몰랐다.

하이아는 라디오를 틀었다.

제니스 시의원이 라마스 시위를 강경 진압한 행크스 시장을 신랄하게 비판했습니다. 제니스 시의원은 푸른리본 의장 출신으로, 라마스 주민들의 대다수가 한때 라비헴의 시민이었던 만큼 그들의 자활을 도와야 할 정부가 강경 진압한 것에 대해…

하이아는 헤렌의 말을 들어서인지 제니스의 비판에 숨은 의도가 있는지 하는 의심이 들었다. 의도 없이 말하는 정치인이 있겠느냐만….

다음 소식입니다. 최근 의상 대여실이 자영업자 사이에서 각광받고 있는데요. 전문 조사기관의 조사에 따르면 실내복만을 가지고 생활하는 20대에서 40대의 비율이 해마다 증가하고 있다고 합니다. 외출복은 아예 가지고 있지 않다는 사람도 7.8퍼센트에 이르고요. 의상 대여실까지는 입고 가는 준외출복을 5벌 미만으로 가진 사람이 24.7퍼센트, 주 단위로 옷을 빌려 입는 사람은 무려 53퍼센트에 이르렀습니다. 시민들을 인터뷰했습니다. "집이 좁으니 옷장도 작잖아요. 전 주4회 출근하거든요. 매번 똑같은 옷을 입고 가긴 그렇고…"

얼마 전 라마스 화재 당시 목숨을 걸고 라마스 주민을 구한 경찰이 스트레스를 해소한다며 고가의 귀걸이를 구입해 물의를 빚고 있습니다. 라비헴 시민들은 병실이 모자라 바닥에서 대기하는 환자들이 즐비한 중에 귀걸이를 자랑하는 사진을 SNS에 올린 경찰에 대해 비난하는 댓글을… 현재 해당 게시물은 삭제되었으나…

"설마 이거 우리 신입 이야기인가?"
흘려듣던 라인이 상체를 세웠다.

목적지에 도착했습니다. 완전히 착륙 후 하차하시기 바랍니다.

하이아와 라인은 에어카에서 내렸다. 구치소 면회실에 들어가 잠시 기다리자 폴리가 나왔다.

폴리와 헬렌은 자매지만 조금도 닮지 않았다. 헬렌은 한 치의 흐트러짐 없는 각 잡힌 단발머리에 차가운 인상으로 바지와 재킷을 선호했으며 인상 자체가 강인했다. 폴리는 발목까지 오는 티어드 원피스를 즐겨 입었다. 시립 라비헴 아동보호센터 지도교사로 얼핏 봐도 유치원 선생님 같은 분위기를 풍겨 딱 맞는 직업 같아 보였고, 본인도 자기 일을 좋아했다. 마른 체형에 걸음걸이가 위태로워 옆에 있으면 계속 신경 쓰이고 돌봐줘야 할 것 같은, 어느 면 아이보다도 더 아이 같은 사람이었다. 그런 폴리가 구치소 수감자가 입는 황갈색 바지와 헐렁한 셔츠를 입고 화장기 없는 얼굴로 나타났다.

"하이아, 라인!"

그러나 그들을 맞이하며 짓는 함박웃음만큼은 예전 그대로였다.

"오랜만이에요, 폴리. 결혼식 이후 처음인가요? 그게… 벌써 2년 전이군요."

라인과 하이아도 인사했다.

"서로 바빴죠, 뭐. 일이 생겨서야 겨우 얼굴을 보고 안부를 묻네요."

"저흰 아직이에요. 곧 날짜를 잡겠다는 이야기만 3년째 하고 있네요. 이제는 진짜 잡아야죠."

폴리가 결혼에 대해 물으려다 아차, 하고 말을 삼키는 기색에 라인이 가볍게 대답했다.

"경찰이란 결혼할 시간조차 없군요."

"그러게나 말입니다."

2년 만에, 그것도 구치소에서 만났는데도 어제 만난 오랜 친구처럼 스스럼없이 근황을 묻는 모습에 두 사람도 얼결에 평소처럼 대화를 이었다.

"헤렌은 결혼할 생각이 없는 것 같아요. 해보는 것도 괜찮은데…."

"어떤 면에서요?"

하이아가 문득 물었다. 아버지에게는 빨리 결혼하라는 말을, 헤렌에게는 결혼하지 말라는 말을 들어서인지 결혼한 폴리의 의견이 궁금했다.

"저는 남편이 라비헴 시민권이 필요해서 결혼했지만요."

"헤에?"

생각지도 못한 말이었다. 폴리는 이런 반응에 익숙하며 즐기기까지 하는 기색이었다.

"라비헴 시민권을 신청했는데 점수가 미달됐어요. 자기 나라에서는 명문대를 나왔는데도 제3세계 국가 출신이라 배점이 낮았거든요. 솔직하게 이야기하면서 결혼해 달라고 하더라고요. 바로 좋다고 대답했어요. 운명 같은 사랑은 아니지만 지금 사는 데 만족해요. 각자의 생활공간을 존중하고, 피차 라비헴에는 가족이 없으니 괜한 간섭 받을 일도 없고. 푸른리본 관련한 일로 학회에 참석하느라 며칠 집을 비워도, 이렇게 갑자기 구치소에 와도 고양이 걱정이 없죠. 물론 언제 헤어질지 모른다, 라는 이야기는 자주 하지만요."

"굳이 그런 이야기를요?"

라인은 당황했다. 이혼율이 50퍼센트니 아주 틀린 말은 아니지만 굳이 입 밖으로 낼 필요가 있는 말일까? 폴리는 서로 사실적인 대화를 주고받을 뿐이라는 태도였다. 사람이 늘 같을 수는 없다지만 결혼과 연애를 한없이 낭만적으로 생각하던 사람이었는데 극적인 변화였다.

폴리가 하이아를 향해 이해가 담긴 눈빛을 보냈다.

"저희 부모님 때는 일가친척에게 언제 결혼하느냐는 잔소리를 들었다면, 요즘은 주변 사람들에게 결혼하지 말라는 말을 심심찮게 듣죠."

"어떻게 알았어요?"

하이아가 놀라 물었다.

"저도 결혼할 때 많이 들었거든요. 네가 남자를 위해 희생할 필요가 있느냐 운운이었죠. 전 그때도 지금도 희생이라고 생각하지 않는데도요. 아이는 생각 없어요. 언제 헤어질지도 모르고 저축을 하기에도 빠듯한 살림인데, 푸른리본에서 자원봉사하며 월급의 3퍼센트를 기부해요. 최소한의 안정적인 주거공간은 마련해줄 수 있어야 아이를 낳죠. 라마스에 대한 라비헴 젊은 층의 강도 높은 비난에는 자기도 까딱 잘못하면 라마스로 떨어질 수 있다는 불안이 내포되어 있다고 저는 생각해요. 뭐, 돈도 돈이지만 이런 세상에서 아이를 낳아 기른다는 게 가당키나 한가 싶고요."

그는 의미심장한 표정으로 두 사람을 바라보았다.

"탄내가 나요."

"테러 현장에 다녀왔어요."

라인이 말했다. 용건으로 들어갈 때였다.

"주얼리숍, 토호, 어느 쪽이요? 여기서도 뉴스는 볼 수 있거든요."

"토호입니다."

"카메라가 나왔나요?"

"어떻게 아셨죠?"

라인이 경계하는 태도를 보였다.

"혼자 사는 사람의 집에서 어린아이 시신이 함께 나왔다는 말에 '영상소' 중 하나가 아닐까 했어요. 토호에는 아동포르노를 찍거나 아동 성매매를 알선하는 사람이 많아요. 대가로 아이의 보호자에게 체크카드나 레토르트 식품, 물, 담배, 술을 주죠. 아이 하나가 열 명을 먹여 살려요. 그러다 아이가 자라거나, 말을 안 듣기 시작하거나, 고객들이 싫증내면 카드를 끊어버리죠."

비공식으로 라마스 주민을 고용하는 많은 회사가 쓰는 수법이었다. 통상 월급의 반도 안 되는 한도가 걸린 카드를 주고 해고하면 카드를 정지시켰다. 그 수법이 아동 포르노와 성매매에도 쓰이고 있었다.

"그럼 카드를 끊었기 때문에 테러한 걸까요?"

하이아가 심각하게 물었다.

"폭탄을 쓴 건 흔한 대응책은 아니에요. 보통은 라마스에서도 사람들을 끌고 와 몸싸움을 벌이거든요. 아니면 다른 아이를 데려오거나, 이도저도 못하면 체념하죠."

"로버트의 영상소는 소규모로 보였어요. 라마스 쪽에서도 싸워볼 만했을 것 같은데, 혹 도와줄 사람이 없었던 걸까요?"

라인이 질문을 이었다.

"그랬을 수도요. 아니면 보호자들도 어린아이였거나요. '새끼여우'라고 들어보셨나요?"

어둠 속에서 로봇처럼 비인간적인 모습으로 그들을 앞서 가던 어린아이의 모습이 하이아와 라인의 머릿속을 스쳤다.

"만난 적이 있군요."

"화재 이후 라마스가 통제될 때 어린아이가 하수구를 통해 저희를 안내한 적이 있습니다만 새끼여우인지는 확실하지 않아요."

"맞을 거예요. 그 아이들을 만나 볼 사람들이 짓는 표정이었어요. 말은 한마디도 안 하고, 아이로 보기에는 기이하리만큼이나 감정을 드러내지 않고. 맞죠?"

"그랬습니다."

"새끼여우는 도시괴담이 아니에요. 실재하는 아이들이에요. 어느 순간부터 어른 보호자가 없는 아이들의 집단이 생성되기 시작했어요. 몇 명인지, 전체를 관장하는 리더가 있는지, 소규모 아이들끼리의 개별 모임인지, 언제 시작됐는지, 아무도 아무것도 몰라요. 보통 다른 집에 있는 음식을 훔치며 자기

들끼리 자기들만 아는 곳에서 모여 살았죠. 작년부터 바로 그런 아이들, 표정 없는 아이들이 아동 포르노에 출연하기 시작했어요. 아마 그 아이들도 더는 버틸 방법이 없어졌나 봐요."

"표정이 없다는 것만으로 새끼여우라고 단정 지을 수 있습니까?"

라인이 물었다.

"폰을 압수당해서 보여드릴 게 없네요. 하이드 엔젤을 만나보세요."

"하이드 엔젤이 푸른리본에서 일해요?"

라인의 표정이 미묘해졌다. 하이드는 몇 년 전 리안 박사가 하이아에게 결혼상대로 선보였던 사람이었다.

"네."

세 사람의 사연을 아는 폴리가 짓궂은 웃음을 지었다. 하지만 웃음은 빠르게 사라졌다.

"라마스의 아이들을 이용하는 포르노와 성매매 사업은 최소한 10년은 됐어요. 우린 계속 민원을 넣고 수사 요청을 하면서 아이들을 보호할 방법을 강구해야 한다고 싸워왔어요. 그런데 방화를 라마스 사람들로 인한 화재로 단정 짓고 시위를 유도하고, 도대체 경찰은 뭐하는 거죠?"

하이아와 라인도 올림포스를 통해 최초 화재 현장을 찾았다. 푸른리본에서도 같은 방식으로 조사했을 가능성이 높았다. 누구나 조금만 시간을 들여 검색하면 방화라는 걸 짐작할 수 있는데 당국은 애들도 속지 않을 눈속임을 하려 들었다.

"방화범은 잡았습니다. 아직 다른 사람들에게는 이야기하지 말아주세요. 곧 공식 발표가 있을 겁니다."

라인이 대답했다.

"체포된 사람들은요? 죄목이 뭐죠? 화재 현장에서 살려고 에어카에 매달린 사람을 뿌리친 경찰은 감봉 3개월이 다였어요! 자기는 방독면을 쓰고…!"

"우리도 현장에 있었습니다. 편집된 화면만 보고 말하지 말아요. 경찰 에어카는 소방차가 아닙니다. 방독면은 비상용 두 개가 전부예요. 사람들을 구조하려면 문을 열고 손으로 잡아 태우는 수밖에 없었는데 유독가스가 계속 들어와요. 방독면에 여유가 있다고 해서 씌워줄 틈이 있었을 것 같습니까? 에어카를 타고 사람을 잡을 거리로 내려가면 눈앞에 수십 명이 보여요. 그중에서 우리가 태울 수 있는 건 한 번에 한 명뿐이죠. 5인승 에어카로 구할 수 있는 사람은 억지로 구겨 넣는다고 해도 일고여덟 명이 전부란 말입니다! 성인의 체중이 문에 실리면 문이 어딘가에 걸렸다고 판단해서 더 큰 사고를 막기 위해 에어카가 멈춥니다. 수동 전환도 먹히지 않아요. 나나 라인이 그 상황이었다 해도 같은 선택을 할 수밖에 없었을 거예요. 짐이 그 사람을 떨어뜨리지 않았다면 기껏 구조한 사람들이 다 죽었을 거라고요. 사실상 전시였단 말입니다! 손녀를 받아달라는데 에어카가 이미 포화상태라…! 다시 갔을 때는 없었어요. 무사히 피한 건지…."

격하게 쏟아지던 하이아의 말이 멎었다. 불길과 울부짖음,

방화복 너머로 느껴지던 열기, 살려달라고 뻗어오던 손, 절규하던 사람들, 사람들….

"하이아."

라인이 하이아의 어깨를 잡았다. 라인의 손도 덜덜 떨리고 있었다. 정적이 이어진 한참 후 폴리가 나직하게 말했다.

"남편은 푸른리본 일을 그만두래요. 이런 일을 계속 보고 듣고, 해결되지 않는 일의 반복이 주는 무기력함에 젖다 보면 사람이 망가진다고요. 라마스의 현실을 담은 영상을 편집해서 보고서를 제출하고 친구들을 만나려고 의상실에 링크해 옷을 구경하다 보면, 정말로 나 자신이 어딘가 이상해지는 것 같거든요. 심리상담사는 만나봤어요?"

한 몸처럼 붙어있던 하이아와 라인의 고개가 들렸다.

"푸른리본에 들어오고 몇 달 지나서부터니 벌써 5~6년은 되었네요. 두 사람도 만나요. 혼자서는 감당 못해요."

면회시간이 끝나간다는 알림이 울렸다.

"오늘 와줘서 고마워요. 다음에는 두 분 결혼식 날이면 좋겠네요. 라비헴은 고립의 도시예요. 20대의 1할, 30대에서 40대는 5할만 결혼했죠. 50년 밖에 안 된 도시로 각국에서 모인 사람들이 섬처럼 홀로 살아요. 재택근무 비율이 높고, 어지간한 회의는 사이버 상에서 진행하니 출근은 일주일에 평균 3.4회죠. 대학도 온라인 강의가 많아 취미가 같은 사람끼리 사이버상에서 만나지 않으면 친구도 없어요. 사이버상 친구도 각기 자기 방에서, 주점의 1인 테이블에 앉아서 화상으로 대화하죠. 전 세계에 친구가 있다지만 곁에는 아무도 없는 거예요. 떨어져 살다보면 나고 자란 곳의 가족이나 친척들과 멀어지고, 애초에 라비헴에 온 사람들은 연고지에 유대관계가 약한 경우가 많고요.

라비헴에는 새로운 곳에서 시작하려는 젊고, 유능하고, 혼자인 사람들이 와요. 사회적 안전망이 낮은 곳이라도 일가친척끼리 유대관계가 강한 사람들은 어떻게든 버텨요. 하지만 라비헴은 사회적 안전망도 낮고 의지가지 할 사람도 없죠. 그래서 한 발만 삐끗해도 낭떠러지로 추락하는 거예요. 사철 입을 옷을 사서 쟁여둘 공간을 마련할 수 있는 능력과 돈을 가진 사람들이나 결혼하는 거라는 의견도 많지만, 전 달라요. 아이는 아무래도 그럴지도 모르지만….

푸른리본에서 활동하며 세계 각국의 노숙인, 슬럼에서 사는 사람들을 연구하는 학회에도 몇 번 나갔거든요. 지자체나 사회단체의 사업을 적극적으로 수용해 노숙생활을 비교적 빨리 청산하는 사람들은 대부분 가족과 연이 닿아 있는 경우예요. 루나 지구가 좋은 예죠. 루나 지구에 사는 사람들은 대부분 연인, 부부, 아이가 있는 가족이고, 혼자 온 사람들에게는 결혼을 장려하죠. 루나 지구는 규칙이 많잖아요. 과음 금지, 소란 금지, 공동작업 의무 참여 등등…. 규칙에 맞춰 살아가려면 의지가 필요해요. 직장에 오래 다녔던 사람이나 서로 기댈 상대가 있는 이들이 잘 버텨내거든요. 그래서 라마스에서 그나마 살만한 곳을 일군 거죠. 그 사람들은 라비헴에서 조금만 도와주면 다시 일어설 수 있어요."

면회시간이 끝났다. 의자에서 일어나려다 발을 삐끗한 폴리를 하이아가 바로 잡아줬다. 폴리는 에헤헤 웃어 보이고 돌아섰다.

구치소를 나오자 노을보다 현란한 야경이 펼쳐졌다.

"우리는 고립된 유령의 도시에 살고 있는 건가⋯."

하이아가 읊조렸다. 라인이 그녀의 손을 단단히 쥐었다. 하이아도 굳게 맞잡았다.

먹고 잘 수만 있는 최소한의 공간. 가구는 모두 붙박이, 자기 물건은 소소한 비품들 뿐, 옷조차 대여해서 입고 사는 삶에서 결혼을 약속한 상대는 인간의 뿌리 깊은 소유욕과 본질적인 소속감을 충족시키는 대상이었다.

하이아와 라인이 출근하니 사무실이 어수선했다.

"제가 뭘 잘못했습니까? 그거 짝퉁이라 얼마하지도 않아요. 귀걸이 하나 산 게 무슨 대단한 잘못이라고 감봉까지 당해야 해요? 소방국은 뭘 했는데요? 의료국은요? 난 거기서 사람을 구했습니다! 내가 칭송받을 때는 보너스라도 줬습니까?"

어제까지만 해도 영웅으로 추앙받던 신입이 이젠 사람이 죽는 광경을 '스트레스'로 표현하고 그걸 '해소'한다며 귀걸이를 샀다고 뭇매를 맞고 있었다. 시민들의 눈이 있으니 감봉처분을 받은 것이다.

"그만두겠습니다. 라마스 전담국으로 옮길 거예요. 거기

가면 A급 의수로 바꿀 수 있어요. 보조금을 지급해 준대요."

"그거 다 빚이야. 그거 갚을 때까지 퇴직 못하는 거 몰라?"

짐이 혀를 찼다.

"10년은 모아야 살 의수인데, 10년 먼저 받고 10년 일하면 되죠."

신입이 자리에서 사직서 양식을 불렀다.

"네 SNS를 지켜보다 그 사진을 콕 집어 기자들에게 넘긴 게 누구라고 생각해?"

헤렌이 찬물을 끼얹듯 말했다.

"누군데요?"

신입이 당장 달려가 멱살이라도 잡을 듯 외쳤다.

"라마스 전담국 내에 경찰의 트집거리를 잡는 부서가 있다는 데 내 오른팔을 건다. 전담국은 경찰국을 자기들 하위 조직으로 넣으려 드니까. 널 엿 먹인 데 가서 일하는 게 낫겠다 싶으면 그렇게 하든가."

"왜…?"

신입의 동공이 흔들렸다.

"행크스가 왜 라마스 전담국을 만들었을까? 세바스찬사와 계속 손잡는 이유는? 생각 좀 해라. 행크스의 궁극적인 목표는 군대 창설이다. 나라고 라마스 전담국으로 갈 생각을 안 한 줄 알아?"

짐이 씹어뱉듯이 말했다.

"라비헴은 도시잖아요."

신입이 어리둥절한 얼굴을 했다.

"난 라비헴을 국가로 만드는 데 반대해. 그래서 전담국에 안 간 거야."

"행크스 시장이… 라비헴을 국가로 만들려고 한다고요?"

"그리고 초대 대통령을 해먹길 바라고 있지. 우리 부서에 는 행려가 없길 바란다."

"짐!"

헤렌이 날카롭게 제지했다. 사적인 자리에서 잡담으로나 나올 소리였다.

"오전 회의 하지."

그의 말에 모두 회의실로 이동했다.

제안과 짐이 주얼리숍 사건을 보고했다.

"범인은 마이크 벤트, 21세, 밸류호텔 카지노 소속 딜러로 1년간 일했습니다. 부모는 건물 청소부였는데 7년 전 건물 자동 청소 시스템이 개발되며 실직했고, 저금이 떨어지자 라마스로 들어갔습니다."

모니터에 마이크 벤트의 사진이 떴다.

"와우."

여기저기서 감탄사가 터졌다. 모델이라고 해도 믿을 만큼 훤칠한 키에 말끔하게 생긴 젊은이였다.

"외모가 비상하다 보니 사람 직원을 쓰는 라비헴의 고급 식당에서 일했습니다. 그러다 식당에 들른 카지노 매니저가 스카우트 했습니다. 계좌를 조사해 보니 연봉은 통상의 1/3만

받았습니다."

이어 범죄현장이 나왔다. 호텔 안에 있는 주얼리숍으로 처참하게 부서져 있었다. 바뀐 화면은 감시카메라였다. 퇴근하는 마이크가 주얼리숍 점원과 몇 마디 말을 나눴다. 그러면서 들고 있던 가방을 슬쩍 놔두고 나갔고 가방이 폭발했다.

"사건 당시 내부에는 점원 둘, 매니저 한 명이 있었는데요. 오며 가며 인사나 나눴을 뿐, 이렇다 할 친분도 원한도 없다고 합니다. 매니저는 중상, 점원 두 명은 병원으로 이송했으나 사망했습니다. 타이머를 제대로 맞추지 못한 건지 예상보다 화력이 강했던 건지는 알 수 없으나, 주얼리숍을 나온 마이크도 폭발에 휘말렸습니다. 병원에서 잠깐 취조를 할 수 있었는데요, '왜?' 라는 한마디만 하고 다시 의식을 잃었고 현재까지 의식 불명입니다. 병원에서는 깨어날지 장담하기 어렵다네요."

다음으로 폭발물의 파편 사진이 나왔다.

"플라스틱으로 만든 수제 폭탄이었습니다. 그래서 탐지기에 걸리지 않았던 거죠."

"조악한 폭탄으로도 사상자를 낼 수 있다는 게 문제지. 마이크의 부모는 만나 봤나?"

헬렌이 이맛살을 좁혔다.

"라비헴 내 마이크의 주소지에서부터 감시 카메라로 동선을 확인했습니다. 근무시간은 수요일에서 일요일로, 종종 카지노 손님과 바깥에서 만남을 가졌던 걸로 보입니다. 카지노에서는 엄금하지만 들키지만 않으면 되니까요."

집 내부 사진이 떴다. 흔한 6평형 원룸이었다.

"옷장에는 고가의 옷이, 서랍에도 고가의 시계, 팔찌 따위가 있었습니다. 만남 상대가 선물한 것 같은데, 오피스텔 감시카메라를 보니 만남 상대를 만날 때만 썼던 걸로 보입니다. 휴일인 월요일 아침 일찍 식료품과 물, 의약품을 사서 라마스로 갔다가 화요일 오후에 집으로 귀가했습니다. 월요일과 화요일에는 일절 만남을 가지지 않았고요. 진짜 집은 라마스 어딘가에 있겠죠. 부모의 생사도 현재로서는 알 방법이 없습니다. 만남 상대를 면담해 수상한 기미가 보이지 않았는지 조사할 예정입니다.

라마스에는 부유층을 겨냥해 무차별 테러를 가행하는 집단이 있어요. 아직 성명서를 낸 곳은 없지만 라마스 내 주거지를 파악해 만난 사람들이 있는지 조사해 보려고 합니다. 라마스 내에서 주거지를 찾는 건 보통은 불가능에 가깝지만, 이 정도 미남이라면 기억하는 사람들이 있을 지도 모르니까요."

하이아와 라인도 조사한 내용을 보고했다.

"그 뒤는 아동 부서에 넘겨."

헤렌의 말에 하이아와 라인은 동시에 안심했다. 그들이 아동 포르노를 볼 필요가 없다는 뜻이었다.

오후에 사이버 부서에서 진행상황을 공유하는 메일이 왔다. 로버트는 중심가에서 파티룸 대여업을 하다 11년 전 폐업하며 토호 지구로 왔다. 고가의 촬영장비는 블랙코인으로 구입했다. 아동 사건이니만큼 사이버 부서에서도 전력을 다하겠다는 내용이었다.

"후…."

하이아가 이마를 짚었다. 블랙코인은 익명으로 거래되는 사이버머니로 추적이 어려웠다.

"값비싼 장비를 살 여유가 있던 사람이 아냐. 혼자 시작한 사업이 아니라는 거지."

라인도 공유 받은 문서를 보며 말했다.

"사이버 부서에서는 전부터 아동 부서와 협력해서 영상소를 추적하고 있던 모양이야. 이후에도 공유 부탁한다고 답을 보내긴 했는데…."

하이아의 말끝이 자신 없이 늘어졌다.

"안 하겠지. 그쪽도 바쁘니까. 우리가 나서서 조사할 일이 생기지 않는 한 후속 처리는 기사로나 보게 될 걸."

"그러겠지…. 답답해. 계속 파편만 모으는 기분이야. 현장 조사를 한 뒤 분야에 따라 후속 업무는 각각의 부서가 맡아. 우린 우리가 사건을 해결하는데 어떤 역할을 얼마나 했는지 몰라."

"경찰도 톱니바퀴의 일원인 거지…."

"만약에 정말로 라마스 전담 부서가 생기고 승진을 하게 되면, 배제되는 느낌이 덜할까? 사건을 전체적으로 보며 주도적으로 일할 기회가 올까?"

"국장이 의지를 보이고 있지만, 전담국이 있는데 경찰국에서 라마스 부서를 만들기 쉽겠어?"

"아무래도… 응….”

두 사람은 그들에게 배당된 구역으로 순찰을 나갔다. 이동 중에 폰으로 메시지가 왔다.

[하이아 리안, 라인 킬트.]

발신자는 아동부서 부장 루이제 조였다. 무슨 일인가 의아한 표정을 지은 둘은 메시지로 대답했다.

[네.]

메시지 창으로 주소가 하나 떴다.

[퇴근 후 오게. 상사든 동료든, 국장에게도 말하면 안 돼.]

두 사람은 얼떨떨한 얼굴로 루이제가 지정한 카페 주소를 확인했다.

"토호 지구네?”

"감시 카메라가 없는 곳에서 만나자는 건가?”

"퇴근하면 하이드를 만나려고 했는데….”

두 사람은 하이드에게 연락해 야근을 할 것 같다고 둘러댔다. 다행히 하이드는 늦은 시각에 봐도 좋다고 했다. 순찰을 마치고 퇴근하던 그들은 제안과 복도에서 마주쳤다.

"이야, 모처럼 정시 퇴근하니 좋네. 남편이랑 외식하기로 했거든. 결혼 10주년 기념일이야. 못 챙길 줄 알았는데…. 너희도 곧 날 잡는다며?”

"음, 그런 말은 안 했는데….”

라인이 난처한 기색을 보였다.

"얼른 날 잡아. 결혼이 인생의 무덤이니, 아이 교육비에 인생 갖다 바치니 하는데, 애가 나 보고 한번 웃어봐라. 세상 고민 싹 날아가지."

생각만으로도 좋은지 제안의 입이 커다랗게 벌어졌다. 짐과 같은 에어카에 탔던지라 그의 감봉 이후 내내 굳어 있던 제안이 모처럼 보이는 밝은 낯이었다.

"아이 키우는 게 힘들진 않고?"

라인이 조심스레 물었다.

"난 친정 엄마가 도와주거든. 애 낳을지 말지 고민하니까 키워줄 테니 낳으라더라. 고맙고 미안하지. 나도 할머니 손에 컸어. 할머니는 한국인이었는데 나 어릴 때 집에서 뛴다고 혼날 때마다 '애들보고 뛰지 말라니, 시냇물보고 거꾸로 흐르라지'라면서 혀를 끌끌 찼어. 자기 어릴 때는 애들이 낮부터 저녁까지 골목에서 뛰어놀았다나."

"그게 가능해?"

하이아가 의아한 얼굴을 했다.

"응. 다 내버려뒀대."

"헤에?"

"설마 옛날 사람들이 요즘 사람들보다 관용적이어서 그랬겠냐. 그땐 대부분 단층 주택이었대. 다 결혼하고 애 낳던 시대고. 그러니까 골목에서 소리 지르고 있는 애 중 한 명은 우리 집 애인 거야. 어디 멀리서 노는 것보다 집 앞에서 노는 게 안심도 되고."

"아…."

"지금은 아파트와 독신자 오피스텔 시대잖아. 가까이에서 아이를 겪질 않으니까 애들이 어떤 존재인지 몰라. 얌전히 있고 공공질서를 지킬 수 있으면 애냐? 최소 청소년이지. 어릴 때는 세상 모든 게 난생 처음 보고 겪는 거잖아. 엘리베이터 버튼만 봐도 놀랍지. 버튼 하나만 누르면 가만히 있는데 알아서 움직이고 도착하면 자동으로 문까지 열어주잖아. 온 세상이 놀이공원이나 마찬가진데 어떻게 가만히 있냐고요. 어른도 여행가서 근사한 풍경 보면 감탄사 지르고 그러잖아."

제안이 짧은 한숨을 쉬었다.

"결혼해도 아이를 잘 안 낳으니까 애들이 소수자가 된 거야. 다른 소수자들과 달리 아이들은 모든 성인이 거치는 과정인데도 약하고 소수라는 건 언제든 공격받을 빌미가 되지."

하이아와 라인의 표정이 복잡해졌다. 언젠가 아이를 낳을 계획을 가지고 있는지라 남의 이야기가 아니었다.

"애 키우니까 엄마 마음 알겠더라. 아랫집에서 항의하니 어째. 엄마도 나한테 소리 지르고 싶었겠어."

불현듯 하이아는 얼마 전 아버지를 만났을 때 레스토랑에서 본 부모가 생각났다.

─조금만 더 가면 가족실이야. 거기까지만 가자.

그건 아이가 아니라 레스토랑에 있던 다른 손님들에게 하는 말이었다. 곧 가족실로 갈 거라고, 아이가 방해하는 일은 없을 거라고 이야기한 것이다.

제안이 문득 두 사람을 살폈다.

"너희는 표정이 왜 그래? 둘이 싸웠어?"

"아니거든. 늦겠다, 가 봐."

라인이 빠르게 인사했다. 루이제가 아동 포르노 영상을 보여줄까 봐 손바닥에서 식은땀이 솟고 있었다.

하이아와 라인은 각기 하이플라이를 타고 약속 장소로 향했다. 자동운행인지라 하이아는 가면서 뉴스를 봤다. 불법 시위로 체포된 이들의 취조 과정을 다룬 뉴스에서는 용의자가 욕을 하고 전담국 직원에게 달려드는 모습이 나왔다. 주얼리숍 테러는 사회사업의 일환으로 라마스 출신을 고용했다가 생긴 참변으로 보도되었다. 라비헴을 증오하는 라마스 범죄조직이 밸류호텔에 직원을 심어 테러를 저질렀을 가능성도 언급되었다. 라마스 출신을 고용하는 선량한 사업주들이 불안에 떨고 있다는 앵커의 발언 뒤, 한 사업자의 인터뷰가 역시 유사한 내용으로 진행되었다.

무서워서 좋은 일 하고 살겠습니까?

이어 뉴스는 라마스 화재 피해자들을 위해 기부한 가수, 배우, 희극인, 사업가에 대한 이야기로 넘어갔다. 하이아는 올림포스에 들어갔다. 진압로봇이 안전그물로 시위대를 체포하는 모습이 어부들의 투망질로 비유되며 '만선이네', '일 년 치 수입' 등등의 모욕적인 언사들로 채워지고 있었다. 부지런한 사람들은 체포되는 이들의 얼굴을 다 생선 머리로 대체했다.

"이런 짓을 해서 얻는 게 뭐야? 당국은 왜 이걸 놔두지? 이런 건 제지해야 하는 거 아냐?"

약속장소인 카페 입구에는 감시 카메라가 달려 있었지만 작동하지 않는 것 같았다.

카페는 10~15인 정도면 만석일 작은 곳이었다. 벽에 칠한 페인트는 군데군데 벗겨졌고 커튼은 빛이 바랬다. 루이제 조는 먼저 와있었다. 그는 50대 초반으로 희끗희끗한 머리카락을 염색하지 않고 놔두었다.

"누구에게든 말했나?"

인사보다 먼저 나온 말이었다.

"아니요."

"아닙니다."

루이제는 두 사람의 답을 다 들은 뒤에야 앉으라고 권했다.

"음료는 내가 사지. 자네들은 아무것도 주문해서는 안 돼."

"부장님과 같은 시각에 여기 있었다는 기록을 남기지 않아야 하는군요."

하이아가 말했다.

"뭘로 하겠나?"

루이제가 대답 대신 물었다. 하이아는 레몬주스를, 라인은 아이스아메리카노를 시켰다. 30대로 보이는 주인이 직접 음료를 가져다주었다. 천장 무빙로드가 고장 난 뒤 고치지 않은 모양이었다. 음료를 준 주인은 주방으로 들어갔다. 카페 안에는 그들뿐이었다.

"아동 성매매 사건을 맡아본 적 있나?"

"아니요. 소위 영상소라는 곳을 가 본 것도 이번이 처음입니다."

하이아가 대답했다.

"아동 성매매와 포르노 제작은 어른의 삶의 실패, 어른이 만든 정책 실패가 아이들을 망치는 가장 악독한 케이스야."

루이제는 단어 하나마다 힘을 주며, 태어나 단 한 번도 깜빡여 본 적 없는 듯 부릅뜬 눈으로 둘의 미세한 반응을 속속들이 읽어나갔다. 취조라도 받는 기분이었다.

"세바스찬, 알지?"

그들의 반응이 합격점에 이르렀는지 루이제가 눈으로 죄던 압박을 풀며 물었다.

"세바스찬사의 그 세바스찬 말입니까?"

당황한 라인이 되물었다.

"그래, 그 세바스찬. 우린 오래 전부터 세바스찬이 아동 성매매를 한다는 의심을 하고 있었네. 토호 지구에 사는 사람들에게 블랙코인으로 자금을 대서 바깥에서 보기에는 허름하지만 내부는 궁전 같은 방을 만들고 거기서 성매매를 하는 거야. 블랙코인을 쓰다 보니 추적하기가 어려웠는데 최근 수상쩍은 움직임을 포착했네. 들킬 위험을 무릅쓰고라도 안 하고는 못 배기는 거지."

루이제가 침을 뱉듯이 말했다.

"몇 년간 조사하다 보니 우리 쪽 인원이 다 세바스찬에게 노출되었어. 그쪽에서 모를 사람이 필요해."

"왜 저희입니까?"

하이아가 물었다.

"세바스찬에게 계속 정보가 새고 있어. 경찰 간부는 물론이고 일선 경찰들 중에도 정보를 흘리는 자들이 있는 거야. 자네들은 독신자 오피스텔에서 거주하더군. 이렇다 할 지출도 없고 종결률은 최저, 해결하지도 못할 사건에 대해 꼬박꼬박 번호를 붙여 등록하더군. 출세욕이 없는 건가?"

뇌물을 받은 흔적이 없는 데다, 굳이 말하자면 성실해서 뽑았다는 이야기였다.

"저희는 강력계 소속입니다. 국장님에게 말하지 않고 아동부서 일을 해도 됩니까?"

"자네들을 만난 것, 일을 맡긴 것 모두 업무일지에 기록해 둘 걸세. 때가 오면 국장에게 내가 직접 말하지. 미행하는 법부터 다시 배워야 해. 세바스찬 같은 부류는 의심이 많거든. 기본적으로 미행이 따라붙는다고 가정하지. 시크릿 아이디 있나?"

"네. 수사 때문에 만들어둔 겁니다만…."

"아이디를 보내도록. 우린 시크릿으로만 대화한다. 나 외에 누구에게도 이 일에 대해서 말하면 안 돼."

루이제는 그들에게 선택의 여지를 주지 않고 밀어붙였다. 하이아와 라인은 선뜻 굴복하지 않았다. 루이제에게는 그들에게 이 일을 맡길 이유가 있었으나 그들은 국장의 눈마저 피하며 이 일을 해야 할 이유가 없었다. 상관에게 보고하지 않고 다른 부서 일을 따로 진행했다가는 징계를 받거나 자칫 파면당할 수도 있었다.

망설이는 그들의 기색을 읽은 루이제가 전자담배를 꺼내 길게 내뿜었다. 카페는 모두 금연인데도 태연자약했다. 이 카페는 전자담배는 눈감아 주는 모양이었다.

"라마스 일에 꽤 적극적이더군. 성실하게 일했다고 생각하나?"

"무슨 말씀이시죠?"

공격적인 말투에 라인이 방어적으로 물었다.

"사실상 해결할 수 없는 사건이라는 걸 알고 있었잖나. 종결률이 떨어지고 승진에 불리해져도 경찰로서 해야 하는 일은 하고 있다는 걸로 자기위안을 한 건 아니고?"

라인의 어깨가 움찔했다. 상대가 상관이 아니었다면 나왔을 말들이 막힌 곳을 뚫고 가려는 물줄기처럼 라인의 입술을 압박했다.

전자담배를 호주머니에 넣은 루이제가 일어섰다.

"생각해보고 연락하게. 내 시크릿 아이디는 보냈네."

루이제가 나간 뒤 라인은 머리를 쥐어뜯었다.

"이게 갑자기 무슨…! 왜 우리가 이런 말을 들어야 하지? 넌 어떻게 생각해?"

"생각해 보고 할지 말지 대답하라고 하지 않았어?"

하이아가 반문했다. 라인은 허탈하게 웃었다. 하이아의 단

순한 면은 때로는 그의 속을 태웠고 때로는 그를 잡아 주었다.

"그래, 그랬지….."

카페를 나온 두 사람은 노점에서 저녁을 때울 핫도그를 샀다. 한 입 먹은 하이아의 눈이 동그래졌다.

"맛있어!"

라인도 크게 베어 물었다. 그의 눈가에 웃음이 번졌다.

"그래, 맛있네."

퇴근 후에도 업무의 연장선상에 있는 두 사람에게 짧지만 따스한 시간이었다.

하이드와 만나기로 한 곳은 금속 재질에 무채색으로 인테리어 한 세련된 카페였다. 커피를 앞에 두고 작업 중이던 하이드가 인기척에 글라스를 벗었다. 라마스 화재 후 재건 사업으로 인해 지금 푸른리본은 눈코 뜰 새 없이 바쁘게 돌아가고 있었다.

"어서 와요."

"늦은 시간에 미안해요."

하이아가 사과했다.

"아닙니다. 경찰이 찾아오는 건 반가운 일이죠. 라마스의 일은 구호단체의 힘만으로는 해결할 수 없거든요."

"폴리 말이 푸른리본에서 일하신다고요. 자원봉사인가요?"

하이아의 질문에 엔젤은 가볍게 머리를 가로저었다.

"아니요, 정규직입니다. 라마스를 사람답게 살 수 있는 공간으로 구축하기 위한 연구팀에 있죠. 전 자원봉사나 기부를 반대합니다."

"헤에?"

뜻밖의 말에 하이아가 놀란 눈을 했다. 라비헴의 번화가에서는 탁자를 펼쳐놓고 시민들에게 기부를 요청하는 자원봉사자들을 쉽게 볼 수 있었다. 로봇으로는 사람들의 관심을 끌지 못했다.

"이번 화재로 만여 채의 집이 불탔고, 수천 명의 사상자가 나왔습니다. 현재까지 공식 사망자만 396명이에요. 행크스는 라마스의 불길이 라비헴으로 번지지 않은 게 천만다행이라며 라마스를 위험 지구로 모는 언론 플레이를 펼치고, 라마스 복구에 나서는 건 사회단체와 시민들이죠. 거액의 후원금을 쾌척한 연예인들도 여럿이에요. 사회에서는 칭송하고 연예인으로서 호감도를 올리기에도 좋고 개인에게도 뿌듯한 일이죠. 나는 좋은 사람이다, 좋은 일을 하고 있다, 자기위안도 되고요. 하지만 정말 그 일을 해야 하는 건 시 당국입니다. 상속세, 재산세, 부동산세를 올리면 충분한 재원을 만들 수 있어요.

라비헴의 인구는 3,700만, 주택은 3,000만 채입니다. 주택이 가구 수를 상회한 지 벌써 12년이에요. 하지만 자기 명의의 집을 가진 이는 3할에 불과하고 나머지는 임대죠. 임대료, 즉, 불로소득은 월급을 압도합니다. 라비헴 개발 초기에 자금을 댄 사람들이 라비헴의 오피스텔, 아파트의 3.6할을 차지하고 있어요. 심지어 그들은 라비헴에 살지도 않습니다. 돈만 거둬들이죠. 라비헴에서는 그들을 묵인하고 있어요. 고액 기부자를 칭송하고 모범시민상 따위를 수여하는 건, 시 당국에서는 배제된 이들을 위해 아무것도 않겠다는 선언입니다."

"그건 시민의 의무는 세금을 내고 투표만 하면 끝난다는 말입니다. 사건을 해결하고 화재를 진압하는 건 경찰국과 소방국만의 일이 아닌 것과 같아요. 피해자는 신고하고 목격자는 증언하고, 시민들은 소화기를 수시로 점검하며 예방과 해결을 위해 서로 노력해야 하는 겁니다. 모든 걸 시 당국에만 맡기는 건 시민으로서 직무 유기입니다. 당장 굶는 아이들이 있는데 시 당국의 무능함과 무관심만 탓하고 있을 수는 없지 않습니까?"

라인이 강경하게 맞섰다.

"기부하시는군요."

"소액입니다. 커피 몇 잔 값 정도죠."

"실례가 안 된다면 어디에 하시는지 여쭤봐도 될까요? 푸른리본에도 기부하라고 하지는 않을 테니까요."

하이드가 날카로워진 분위기를 풀듯 가벼운 미소를 머금었다.

"할 지구의 소규모 아동 보호 시설 두어 곳에 합니다."

"저도 아동 보호 시설과 푸른리본에 매월 정기 후원을 해요. 얼마 안 되는 금액이지만요."

라인과 하이아가 대답했다.

"라인 씨는 큰 곳은 횡령을 의심하시는군요. 이해합니다."

하이드는 가볍게 어깨를 추켜올렸다.

"라비헴에 있는 97개 사설 구호 시설의 62퍼센트가 13세 이하 아동을 대상으로 하는 곳으로, 아이들을 보살피고 가르치고 입양을 주선해요. 아이들은 시민들의 후원을 받기 좋거든요. 무엇보다 사람의 손길이 필요하고요. 갈수록 사람 직원을 쓰지 않는 라비헴에서, IT 업계의 고학력 고스펙자만이 일할 수 있는 곳에서, 여전히 사람 직원에 대한 수요가 있는 곳이죠. 바로 거기에서 갈등이 발생합니다. 그 시설들은 라마스가 있어야만 존속이 가능하니까요. 라마스의 문제가 해결된다는 건, 일자리가 사라진다는 걸 의미합니다. 푸른리본도 그런 면에서 매한가지죠."

"그런데 왜 푸른리본에서 일해요?"

하이아가 의아한 기색을 보였다.

"처음에 들어올 때는 몰랐죠. 전 3년 전에 오렌지스에서 스카우트되며 2년간 일했어요. 업종을 아예 바꿨었죠."

오렌지스는 라비헴에서 시작해 전 세계로 뻗어나간 자동 조리 프랜차이즈였다.

"라비헴의 극단적인 양극화 주범 중 하나죠."

이미 많은 생각을 거친 듯 하이드의 어조는 담담했다.

"우연찮게 푸른리본에서 진행한 한 음식점 사장의 인터뷰를 봤어요. 자동 조리 식당을 열었는데 레시피 가격이 너무 비싸다는 토로였죠. 음식도 유행이 있잖아요. 그때마다 새 조리법에 맞는 주방 시스템과 레시피를 구입해야 해서 장사를 할 수록 빚이 는다고, 이러다 자기도 라마스로 가게 될까 겁난다는 내용이었죠. 그런 기사나 인터뷰를 처음 본 것도 아니었을 텐데 어쩐지 그날은 그 사장의 얼굴이 잊히지를 않았어요.

연애, 결혼, 육아, 노후를 포기하는 데 이어 삶을 포기한다고, 대표적 5포라고 하죠? 라비헴의 자살률은 메가시티 중 서울 다음인 2위예요. 그때부터 라마스를 조사하기 시작했죠. 그런데 제대로 된 정보를 찾을 수가 없었어요. 라마스가 슬럼지구로 변모한지 15년인데 누가, 어떤 과정을 거쳐, 라마스로 가는지, 시 당국에서는 체계적인 연구를 하지 않고 있어요."

그들은 중앙 자리에 앉아 있었으나 통유리로 된 카페라 라비헴의 호사스러운 야경, 홀로그램 가수들의 공연 홍보영상을 볼 수 있었다. 대화와 동떨어진 별세계로 보이는 풍경이었다.

"제 일에 자부심을 갖고 있었습니다. 자동 조리는 요리사 자격증이 없는 일반인도 창업하게 해주는 시스템이라고 생각했죠. 주방장조차 고용할 필요가 없으니 경제적이라서 누구든 적은 돈으로 창업할 수 있다고요. 그런데 그 인터뷰를 접한 뒤 자동화 시스템을 살펴보면 볼수록 회의가 일더군요.

과학과 과학을 기반으로 한 기술은 단기간에 발전하지 않아요. 갑자기 폭발하듯 발전하는 것처럼 보일 때에도 그간 축적된 과학과 기술을 바탕으로 하는 거예요. 그 오랜 세월, 헤아릴 수 없는 투자 금액, 평생을 과학과 기술연구에 바쳐오다시피 한 사람들이 이루어낸 일이라는 게 결과적으로 당장 생계를 이어나갈 수단이 몸뿐인 사람들을 삶에서 몰아내는 일이었던 겁니다. 그 결론이 난 날 대책도 없이 사표를 썼죠."

하이드는 커피로 목을 축였다.

"라비헴의 물가는 살인적입니다. 고소득 업종이었던 터라 저축해 둔 게 있어서 당분간은 걱정할 필요가 없다고 해도… 혼자라는 게 그럴 때는 편하더군요. 돈충에 속할 때였죠. 고소득 업종에서 일하다 휴직하며 모아둔 돈으로 놀고먹는 사람이요."

"벌레가 없는 곳이 없군요."

라인이 쓰게 웃었다.

"그야말로 만인의 만인에 대한 감시와 평가의 시대니까요. 새로 산 귀걸이 사진을 올린 경찰이 거센 비난을 받았잖아요? 막상 소방국과 의료국의 늦장대응은 따지지 않으면서요. 시스템은 건드리기 어렵고, 개인은 만만한 거죠. 인터넷의 발달은 현대사회를 농경사회로 되돌렸어요. 남의 제사에 감 놓아라 배 놓아라 하듯, 전혀 알지도 못하는 사람의 언행을 사사건건 참견합니다. 자신과 조금이라도 다른 가치관, 삶, 직업, 연령대는 닥치는 대로 비방하고, 평가하고, 나만 옳고 다른 사람들은 다 썩어가는 사회에 일조하는 벌레, 충이죠. 죄에 대한 규정 없는 종교가 있을 수 없듯, 타인에 대한 비난 없는 정치적 올바름이란 있을 수 없나 봐요."

"타인에 대한 비난과 정치적 올바름을 혼동하는 건지도요."

하이아가 나직하게 말했다.

"그래서 전 SNS를 아예 안 해요. 인터넷의 익명성은 내가 가려지는 것보다 상대가 가려진다는 데 있어요. 사람들은 상대가 누구인지, 가족인지, 직장 동료나 상사인지, 친구나 애인인지, 어떤 성격인지에 따라 다르게 대하죠. 하지만 인터넷은 몇 마디 말로만 상대를 파악해야 해요. 그래서 몇 가지 단어만으로 상대를 적과 아군으로 나눠버리죠."

라인이 생각만 해도 피곤한 얼굴을 했다.

"표정, 몸짓, 어조처럼 대화의 중요 요소가 아예 제거되고요. 면대면의 장점이 있더군요. 오렌지스에서 일할 때는 주2회 출근했습니다. 지금은 주5회 출근하죠. 같이 점심도 먹고 회의도 주로 대면이고, 그러다 보니 라비헴에서는 드물게 직장 내 인간관계가 끈끈한 편이에요. 전 가지 요리를 싫어하거든요. 그런데 오늘 점심 때 옆자리 동료가 부득불 먹어보라고 권하는데…."

하이드가 쓰게 웃었다.

"성화에 못 이겨 한 점 먹었는데 맛있더군요. 이런 소소한 간섭이 성가시면서도… 나쁘지만은 않더군요. 푸른리본에 회의를 느끼면서도 계속 일하게 하는 가장 큰 원동력이 동료들이에요. 여기서 일하며 재밌는 사실을 알았어요. 통계를 낸건 아니고 그저 제 느낌에 불과할 수도 있지만요."

그는 두 사람을 보며 의미심장한 웃음을 지었다.

"푸른리본은 기혼자 비율이 반이 좀 넘거든요? 그 사람들을 보면서 결혼한 사람 자체는 줄었지만 행복하게 사는 부부는 늘었다는 느낌을 받았어요. 이혼 절차가 쉽고 결혼에 대한 부정적 인식이 팽배한 데도 결혼하고 결혼생활을 유지하는 사람들은 그만큼 서로에 대한 신뢰가 있달까요?"

"신뢰… 인가요?"

하이아가 물었다.

"신뢰가 결혼에 있어서 가장 중요한 요소가 아닐까 해요. 두 분이라면 아마 잘 해내실 겁니다."

"하이드 씨는요?"

라인이 물었다.

"전 생각 없어요. 언젠가 라비헴을 떠날지도 모르거든요. 혼자가 삶의 방향을 결정하기 편하죠. 어른들 성화에 한두 번 선은 봤지만…."

하이드가 하이아를 향해 얄궂은 웃음을 지었다.

하이아라면…. 필요에 의해 만들어졌던 자리이나 만날수록 마음에 닿은 사람이었다. 그러나 모두 지나간 일이었다.

"라마스에는 다양한 사람들이 있죠. 고학력자도 많습니다. 서빙로봇, 자동 결제 시스템이 종업원과 마트 직원들을 내몰았다면, 소화로봇은 소방관을, 건물 자동 청소 시스템은 청소부를, 의료로봇은 간호사와 조무사, 요양보호사를 라비헴에서 사라지게 했습니다. 이는 비단 라비헴만의 문제가 아니에요. 다른 도시에서도 벌어지는 일이죠.

푸른리본은 세상을 바라보는 시야를 확장시켜 주었어요. 그렇지만 푸른리본은 라마스의 사람들이 최악의 상황을 면하게 하는 데에만 집중해요. 라마스 사람들을 불쌍하고 가련한 사람으로, 라비헴 시민과는 별도의 존재로 규정지어 시혜를 베푸는 라비헴과 시혜를 받는 라마스로 둘을 갈라놓아요. 어떤 의미에서는 현 상황을 고착화하는데 중점을 두고 있다고 할 수 있습니다. 문제는 대안이 없다는 겁니다. 인간의 자리가 줄어드는 걸 막을 도리가 없어요. 인간은 다른 인간을 하찮게 여기는 한편으로 제거해야 할 경쟁자로 적대시하거든요. 지금 당장 연구비와 시설비에 얼마를 투자하든, 장기적으로 그게 인건비를 줄여줄 가능성만 있다면 기꺼이 그쪽으로 돌진하죠. 파업이 발생했을 때 임금을 올려주는 게 변호사 비용보다 싸더라도 변호사 비용을 들이면 들였지 임금을 올리려 들지 않는 것처럼요. 임금을 올려주는 걸 자기에게 반대하는 사람들에게 패배하는 거라고 여기죠. 그래도 라마스 일에 뭐든 할 수 있는 가장 큰 조직이라 일단은 여기서 방법을 찾아보려고 해요. 기술은 사람을 배제시키는 게 아니라, 살 길을 여는 통로가 되어야 합니다."

하이드가 가벼운 미소를 지었다.

"다른 이야기가 길어졌네요. 폴리가 절 만나라고 했다면서요?"

"저희가 만난 아이가 새끼여우일 거라고 하더군요."

라인이 말했다.

"개인적인 궁금증인가요? 아니면 경찰에서도 본격적으로 개입하려는 건가요?"

"음…. 그래요, 하이드 씨에게는 이후에도 여러 조언을 얻을지 모르니 말씀드리죠. 다만 아직 외부에는 함구해주세요."

라인의 말에 하이드가 입에 지퍼를 잠그는 시늉을 했다.

"국장은 라마스 전담국의 방식에 찬성하지 않아요. 경찰에서 라마스를 맡을 부서를 창설할 준비를 하는 것 같아요. 저도 아직 자세한 건 몰라서 더는 말씀드리기 어렵네요."

"몬드리안 국장은 신용할 만한 분이죠. 알겠습니다."

하이아는 토호 거리 테러 사건에 대해 이야기했다.

"보기 괴로우시겠지만…."

하이드가 그들에게 한 영상을 공유했다. 여섯 살 정도 된 어린아이가 침대 위에 있었다. 내내 두려워했던 순간과 맞닥뜨리게 된 것이다. 하이아와 라인은 숨을 멈췄다. 아이와 어른이라는 사실만으로도 끔찍한데 폭력적이기까지 했다.

거칠게 하지 않는다고 했잖아요!

화면 밖에서 어린 목소리와 목소리를 낸 아이가 구타당하는 소리가 들렸다. 침대 위에 있던 아이가 소리 나는 쪽으로 고개를 돌렸다. 사람은 몸의 한 부분을 움직일 때 다른 부분과 근육이 함께 움직인다. 하지만 아이는 마치 관절인형처럼 느리게 목만 움직여, 욕설과 폭력이 벌어지는 현장을 향해 억양 없는 목소리로 무슨 말을 했다. 이번에도 인형처럼 입술만 움직일 뿐, 아무런 표정이 없는 얼굴은 하수구를 안내한 아이와 같은 아이가 아닐까 싶을 정도로 유사했다. 하지만 학대와 체넘에 길들여진 아이 특유의 표정일 수도 있었다.

"어느 나라 말이죠?"

처음 듣는 언어에 하이아가 물었다.

"어떤 나라의 말도 아니에요. 이 아이들만의 언어예요."

하이드는 영상을 종료시켰다.

"여기서 폭력을 행사한 사람은 이 영상을 찍고 사흘 뒤 자택에서 사망했습니다. 의자에 앉으면 발동하는 폭탄이 장착되어 있었어요."

"새끼여우들이 폭탄 제조 방법을 어떻게 익혔을까요?"

"모르죠. 우린 라마스 사람들이 도대체 뭘 먹고 마시며 어떻게 생존하고 있는지도 모르는 걸요. 극단적으로 굶다보면 몸이 기아에 적응해서 오래 버티게 된다고도 하는데…."

"영상에는 남자의 얼굴이 나오지 않았는데 죽은 사람이 그 사람인줄 어떻게 알죠?"

라인이 물었다.

"제보자 신원을 일일이 다 밝힐 수는 없어요. 작정하고 아이를 납치해 포르노 현장에 투입시키는 사람도 있지만 일가족의 생계가 아이에게 달린 집도 있어요. 신원을 밝히면 우린 제보자를, 그쪽은 생계 수단… 을 잃죠. 어린아이가… 생계 수단인 겁니다."

하이드의 목소리가 어두워졌다.

"아이가 다치면 보호자도 생계 수단을 잃으니 이런 경우 보호자 쪽에서도 사람들을 모집해 대항하기도 합니다. 하지만 새끼여우들은 모두 어린아이예요."

"보복할 수단이 폭탄밖에 없다는 건가요? 그래도 아이의 몸에 폭탄을 장착하다니! 자기 무리의 일원 아닙니까?"

카페 안의 공기가 모두 빠져나가기라도 한 듯 라인의 숨이 막혀왔다.

"경찰 에어카 문에 매달린 사람을 떼어낸 경찰에 대해서는 어떻게 생각하십니까?"

"그건…!"

"이 아이들은 전시 상황에서 살고 있어요. 태어났을 때부터 전쟁터나 다름없는 곳에서 생존해 온 아이들이란 말입니다. 새끼여우 중 일부러 아동보호소에 들어가는 아이들이 있습니다. 자기 몫의 음식과 간식을 남기거나 부엌에서 훔쳐서 동료들에게 전해주죠. 그 아이들의 마음을 여는 건 극히 어려워요. 늑대 젖을 먹고 자란 아이가 사람들에게 발견된 뒤에도 인간 세상에 적응하는 걸 힘들어한 것과 같아요. 하지만 간혹 보호사가 정성을 쏟으면 마음을 열기도 합니다. 새끼여우의 입장에서는 변질이죠. 하던 대로 음식을 줘도 새끼여우들은 자기 무리의 마음이 이탈한 건 귀신같이 알아채요. 6년 전에 있었던 한 사설 보호시설의 식당 테러 사건을 기억하나요? 경찰에서는 라마스 과격파의 짓이라고 했지만…."

하이드는 당시 식당의 감시 카메라를 보여주었다. 실시간으로 클라우드에 저장해 카메라가 폭파되었어도 영상은 남아 있었다.

식당에는 서른 명 남짓한 아이와 어른 네 명이 있었다. 그 중 유독 무감각한 표정의 아이가 하이아와 라인의 시선을 끌었다. 잠시 후 나이 든 선생님이 플라스틱을 얼기설기 붙여 만든 코끼리 장난감을 안고 있는, 역시 목각인형처럼 무표정한 아이를 데리고 왔다.

그러지 마아아아아!

무감정하던 아이가 애타는 비명을 질렀다. 코끼리 장난감이 폭발했다.

"변절한 아이에 대한 보복이었다는 건가요?"

하이아의 목소리가 흔들렸다.

"전 그렇다고 봅니다."

하이드는 폭파 전으로 되돌려 느린 속도로 화면을 재생했다. 무감정한 아이가 새로 들어온 아이를 알아보고 안타깝게 외치는 모습을 확인할 수 있었다.

"이 아동보호소는 교육하는 과정을 다 녹화해 두었죠. 영상에서 이 아이의 변화 과정을 볼 수 있었어요. 이 아이를 가장 열성적으로 돌본 사람이 새로 온 아이를 데려온 바로 그 사람입니다. 이 아이들의 존재를 인지하고 도움을 줄 수 있는 사람들이 절실해요. 하지만 푸른리본 내부에서는 회의적이에요. 당장 도울 수 있는 아이들을 돕기에도 버거운데 존재조차 불분명한 아이들까지 거둘 여력이 없다는 거죠."

하이드도 그들에게 도움을 청하고자 늦은 시각임에도 그들을 만났던 것이다.

라인은 라마스를 순찰할 때와는 또 다른 형태의, 그러나 더 크고 육중한 중압감과 무력감을 느꼈다. 그는 경찰이었다. 그래서 뭘 할 수 있지? 시스템 속에 있기에 그는 더더욱 시스템의 한계를 알았다.

"혹시 밸류호텔 주얼리숍 테러 사건 뉴스 보셨어요?"

하이아가 물었다.

"네, 봤습니다. 저는 달리 배후가 있다고 보지 않아요. 아마도 박탈감이 부른 사건이 아닐까 해요. 외모가 번듯하고 라마스에 오기 전이나 온 뒤라도 사회단체 등을 통해 중등교육까지 이수한 이들은 바깥에서 일할 기회를 얻을 수 있거든요. 수도와 전기가 공급되지 않고, 화장실도 없어 배설물을 아무 데나 처리해야 하는 곳에서 살다가 갑자기 24시간 불을 밝히고 돈을 물 쓰듯…."

하이드는 자기 비유에 불현듯 쓴웃음을 지었다.

"네, 여기선 쉽게 쓰는 걸 물 쓰듯 한다고 하죠. 라비헴에서 일자리를 구한 사람들은 아침저녁으로 사막과 북극을 오가는 정도의 극단적인 괴리감을 느끼게 됩니다. 라마스는 당국에 등록할 수 있는 주소가 없어요. 자기가 사는 곳은 등록조차 안 된 곳이라 거주지가 불분명하니 계좌를 만들려면 업주의 신원 보증이 필요해요. 사회단체를 통해 직원을 채용하는 곳은 대부분 형식적으로는 월급을 제대로 줍니다. 하지만 카드 한

도액을 제한해서 실질적으로 받는 돈은 다른 이들의 1/3, 많아야 1/2입니다. 라마스 바깥에서는 정보를 쉽게 찾을 수 있어요. 다들 자기가 최저임금조차 받지 못한다는 걸 따지면 태도 불량으로 잘릴 거라는 걸 알아요.

자기들 월급은 제대로 주지 않으면서 업주들은 라마스 출신을 고용해 세금을 감면 받고 심지어 '좋은 일'을 하는 사회사업가로 언론과 인터뷰를 해서 가게를 홍보하고 손님을 끌죠. 그 사이에서 라마스 출신은 극한의 분노와 좌절을 겪어요. 그게 쌓이다 폭발하는 거예요.

3년 전 대형 레스토랑의 점주를 스테이크 칼로 살인한 라마스 출신 직원이 그 한 예죠. 그때마다 언론이 달려들어 라마스 사람들을 싸잡아서 범죄자로 몰아갑니다."

잠시 말을 끊은 하이드가 메뉴판을 불러냈다. 그는 마음을 가라앉히려는 듯 메뉴를 하나하나 살폈다. 지나치게 이입하면 이 일을 계속해나가지 못했다. 그렇다고 거리감을 두면 사무적으로 처리하게 되었다. 그는 럼 콕을 골랐다.

"폭탄은 어디서 구했을까요?"

하이아가 물었다.

"라마스에서는 레토르트 식품, 물, 담배, 술이면 못 구하는 게 없어요. 라마스와 라비헴의 극단적인 양극화를 해결하지 않는 한, 이런 사건은 계속 발생할 겁니다. 그런데 당국은 원인을 제거할 생각은 하지 않고 라마스 전체를 적대 구역으로 몰고 있어요."

끝내 감정을 제어하지 못하고 드러낸 하이드가 단숨에 럼콕을 비웠다.

"라비헴에 어울리는 대공연장이 필요하다는 목소리도 불안한데, 심지어 라비헴에서 올림픽을 개최해야 한다는 주장도 간간이 나오고 있죠. 생각만 해도 아득해져요."

두 사람이 하이드와 헤어진 건 10시가 넘은 시각이었다.

"내일 봐, 라인."

라인은 인사하는 하이아를 응시했다. 온종일 함께 있지만 전부 일로 점철되어 있었다. 온전한 둘만의 시간을 갖고 싶었다. 마침 내일은 오후 출근이었다. 하지만 하이아는 피곤해 보였다. 라인이 그대로 서 있자 하이아의 눈에 물음표가 떴다.

"내일 봐, 하이아."

그는 싱긋 웃어 보였다.

"응."

두 사람은 각기 하이플라이에 올랐다.

집에 온 하이아는 씻지도 않고 침대에 몸을 던졌다.

"후…."

라인에게 연락해야 하나? 폴리가 나도 먼저 문자 보내라고 했는데….

잘 들어갔지? 푹 자고 내일 봐. 라인에게 메시지 전송.

짧게 말하면 되는 일인데 입술을 떼기조차 버거웠다. 내일 볼 테니까….

모래사장을 걷듯 무거운 발을 옮겨 욕실로 갔다. 그래도 씻고 나오니 머리가 맑아졌다. 하이아는 냉장고에서 저알코올 맥주를 꺼냈다. 최근 들은 말과 사건들을 소화할 시간이 필요했다.

우린 각기 고립된 섬에서 만인에 대한 감시와 평가를 하는 유령의 도시에서 사는 건가….

캔 뚜껑을 당긴 순간 라인에게서 전화가 왔다.

"라인? 잘 들어갔…."

"하이아, 저기… 나 너희 집으로 가도 될까?"

"응? 지금?"

등받이에 기대 있던 하이아의 상체가 펴졌다.

"나 사는 오피스텔, 자동 청소 시스템으로 바꾸는 공사를 한다고 일주일간 집을 비워달라는 걸 완전히 잊고 있었어. 내일 새벽부터 공사한대."

"아…."

"호텔에 가도 되지만, 저기… 너만 괜찮다면…."

하이아는 6평 남짓한 집을 둘러보았다. 싱글 침대지만 둘이 붙어서 못 잘 크기는 아니었다. 일주일 숙박비용도 만만치 않을 테고….

"응, 와."

"금방 갈게."

라인이 환한 얼굴로 전화를 끊었다.

"어…."

하이아는 멍한 얼굴로 갓 딴 캔을 내려다보았다.

하이아가 화장실에서 손을 씻는데 제안이 들어왔다.

"흐응…. 라인이랑 산 지 한 사흘 됐나?"

비밀로 할 일도 아니었고 같이 출근하다 보니 둘이 함께 지내는 건 금방 알려졌다.

"음…."

사흘 됐나? 하이아가 날짜를 헤아렸다.

"남자친구가 집엘 안 가지?"

"응?"

"그게 결혼이야. 남자친구가 집엘 안 가. 같이 살자니 불편하지?"

"어, 조금은…."

"강아지 한 마리 키운다 쳐."

"강아지로 생각하기에는…."

"말이 많지? 바라는 것도 많고…. 너희는 같은 직장에 다니는 데다 심지어 파트너잖아. 떨어져 있을 새가 없어. 다른 말로 서로를 그리워할 틈이 없지. 그러니 더욱 라인의 오피스텔이 공사 들어간 게 잘된 일이야. 난 결혼 전에 살아보는 거 좋다고 생각해. 결혼하고 실수했다 싶으면 절차가 복잡해지잖아. 참, 그때 주얼리숍 사건 이야기 전해줘서 고마워. 나도 하이드와 만나서 더 이야기를 들어보기로 했어."

"어."

제안은 화장실로 들어갔다.

하이아는 핸드 드라이어로 손을 말렸다.

결혼해서 함께 살면 라인의 집이기도 한데 왜 남자친구가 집에 안 간다고 말하는 거지?

그도 라인이 집에 있는 게 편하지만은 않았다. 화장실 순서를 기다리는 것도 번거로웠고, 아침에 라인은 싱크대에서 양치를 했다. 하지만 제안이 말하는 건 그 의미가 아닌 것 같았다.

같은 시각 라인도 휴게실에서 짐과 대화중이었다.

"같이 살면 일을 벗어나 함께하는 시간이 늘 줄 알았어. 그런데 둘 다 퇴근하면 씻고 쉬기 바쁘고…. 주방이 좁으니 포장 음식을 사오거나 밀키트 조리가 고작이지."

라인이 우울한 기색을 보였다. 분위기를 잡고 싶어도 영 그럴 짬이 나질 않았다. 짐을 들고 가며 설렜던 그와 달리 하이아는 같이 살던 사람이 귀가한 양 덤덤했다.

"올림포스에서 검색해 봐. 그런 문제 조언하는 사람들 있을 걸?"

짐이 바로 검색을 시작했다.

"야, 이거 어때? 구독자 수랑 댓글 많은데?"

화면에 빵모자를 쓰고 콧수염을 기른 40대 중반의 남자가 나왔다.

애인이 집에 놀러왔다 칩시다. 그럼 같이 밥 먹고, 영화도 보고, 무드도 잡겠죠? 애인이 가면 게임도 하고 올림포스도 보며 쉬고요. 그런데 애인이 집에 안 간다? 그럼 애인이 아닌 친구가 되어야 해요. 친구는 놔두고 각자 할 일을 해도 불편하지 않은 사이거든요. 계속 호스트로 손님 접대하듯 하면서는 같이 못 살죠. 그래서 부부 사이가 무뎌지는 건 필수입니다. 그런데 무뎌지기만 하면 친구랑 월세 나눠 내며 동거하는 거지, 결혼이 아니잖아요? 그래서 평소에는 친구처럼 지내다가 한 번씩 분위기를 전환해야 해요. 그럴 때 분위기를 잡는 말과 표정, 몸짓이 필요하죠. 친구에서…

화면 속 남자가 손가락을 튕겼다.

애인으로, 모드 전환입니다.

"상대가 하이아라…."
라인이 쓴웃음을 지었다.
반지를 선물했더니 자기가 덥석 낀 하이아였다. 그래도 설득력이 있는 말이었다. 라인은 해당 영상을 구독 목록에 올렸다.
퇴근한 라인은 먼저 씻으며 공들여 스킨을 바르고 머리를 다듬었다. 모드 전환이라…. 욕실에서 나오니 하이아가 포장한 음식을 데워서 차려놓고 있었다. 라인은 점심시간에 사둔 와인을 꺼내 따랐다.

"하이아…."

라인이 그윽하게 불렀다.

"응."

하이아도 눈을 마주쳤다.

"할 말이 있어."

"어, 나도."

"그래? 머, 먼저 할래?"

라인이 조금 상기되어 말했다.

"응, 루이제 조 부장의 제안 말이야."

"아, 그거…."

지난 사흘간 두 사람은 루이제 조의 제안에 대해서 이야기하지 않았다. 그건 냉장고 구석에 박힌 오래된 포장음식처럼, 열어서 확인해봐야 하는데 무섭고 귀찮아서 모른 체하고 있는 마음 속 짐이나 마찬가지였다.

"나는 했으면 좋겠어. 우린 경찰이고 우리가 필요하다고 하고, 할 수 있는 일이니까. 무엇보다… 루이제 부장의 말이 틀렸다는 생각이 들지 않아. 해결할 수 없는 사건이 주는 무기력에서 헤어 나오고 싶어서, 나는 다른 경찰과 다르다고, 적어도 조서조차 작성하지 않고 지나쳐버리지는 않는다고 여기는 자기만족. 그걸 완전히 부정할 수는 없겠더라고."

"그건… 나도 마찬가지야."

"하지만 국장에게조차 말하지 않는 건 반대야."

"국장에게 말하는 걸 전제로 하겠다고 할까?"

"그러자."

하이아가 미루던 목욕탕 청소를 마친 양 개운한 얼굴을 했다. 둘은 침묵 속에서 식사를 마치고 빈 그릇을 정리했다. 침대 끝에 앉아 이어폰을 끼고 올림포스에서 결혼상담 채널을 보던 라인이 무심코 고개를 들었다. 맞은편에서 하이아도 글라스를 끼고 무언가를 집중해서 보고 있었다. 라인의 입가에 거미줄에 걸린 이슬처럼 맑은 웃음이 매달렸다. 이런 건가….
의식하지 않으며 다만 같이 있는 것….

다음 날 라인은 루이제 조에게 시크릿 메시지를 보냈다.

[하겠습니다. 단, 국장에게는 이야기해야 합니다.]

[좋아. 국장조차 믿을 수 없다면 방법이 없다는 거니. 내가 보고하지.]

잠시 후 국장에게 호출이 왔다.

"이렇게 빨리?"

하이아가 주변을 의식하며 작은 목소리로 말했다.

두 사람은 국장실로 갔다. 한여름에 에어컨을 세게 켠 카페에 들어온 양 한기가 느껴졌다.

"루이제 조 아동부장이 자네들에게 일을 맡긴다던데?"

'루이제는 나에게 사전 보고도 없이 멋대로 다른 부서 사람에게 일을 시키고 자네들은 그걸 덥석 맡아?'가 생략된 말이었다.

"아직 하겠다고 대답한 건 아닙니…."

라인이 식은땀을 흘렸다.

"벌써 상당히 진척됐더군. 나에게도 비밀로 하고 말이야."

"얼마나 진척되었는지는 저희도 모르는…."

"가 봐!"

둘은 도망치는 것과 쫓겨나는 것 사이의 모양새로 국장실을 나왔다.

"진짜 뭔가 급하게 돌아가는 모양인데?"

라인이 고개를 갸웃했다. 그들이 루이제 조에게 연락하고 국장을 만나고 나오기까지 채 30분도 걸리지 않았다. 알쏭달쏭한 얼굴을 한 하이아가 말했다.

"정말이지, 영화와 달라."

"응?"

"영화에서는 정의로운 경찰들이 규정을 앞세워 반대하는 국장 앞에서 이 일은 반드시 해야 한다고 큰소리치잖아. 그런데 솔직히 뒷감당이 무서워서 국장에게 말한 거니까."

"기왕 하기로 했으니 잘 해내자. 아동 성범죄다."

"응."

두 사람은 특별휴가를 냈다. 갑작스러운 휴가에 다들 야유를 보내긴 했지만 딱히 이상하게 생각하지는 않았다. 바쁜 일정에 무리한 데다, 같이 살게 된 김에 둘이 그간 밀린 데이트를 실컷 하려고 휴가를 낸 걸로 받아들였다. 사람들은 보통 어떤 일이 발생하면 의심하기보다는 합리화하며 납득했다. 덕분에 하이아와 라인은 루이제 조에게 미행 훈련을 받을 수 있었다.

식탁에 마주앉은 하이아와 라인이 지급받은 헤드기어와 바지, 상의, 장갑을 착용했다. 헤드기어 글라스를 내리자 하이아와 라인은 순간이동하듯 한 고급 식당의 테라스에 앉아 있었다. 바닷바람이 그들의 몸을 스쳤다. 해변에는 야자수가 늘어서 있었고 고운 소금 같은 모래가 햇살을 반사했다. 에메랄드빛 바다에서 파도가 밀려왔다. 탁자에는 팬지, 한련화, 코스모스로 장식한 새우 요리, 세 가지 색의 액체가 역삼각형으로 떠 있는 듯한 착시를 일으키는 투명한 잔에 담긴 칵테일이 놓여 있었다. 라인은 난생 처음 바다를 본 아이처럼 사방팔방 눈에 담고 싶은 충동을 누르고 곁눈질로 주변을 살폈다. 누구나 알지만 아무나 못 사는 브랜드의 수영복과 겉옷을 입은 사람들이 웃고 떠들며 먹고 마시고 있었다. 하이아와 라인 또한 해변에 어울리는 반팔에 반바지 차림이었다. 가볍게 입고 나온 듯하나 고급 브랜드였다.

"로스트 지구다."

하이아가 말했다.

"어."

로스트 지구는 그들이 라비헴에 살면서 한 번도 가보지 못한 곳이었다. 칵테일 한 잔이 그들의 주급과 맞먹었다. 지금 앉아있는 식당은 올림포스나 뉴스, 영화에서나 본 곳으로, 로스트 지구 가장자리에 있는 곳이었다. 더 안쪽은 개인 소유 해변이라 영장 없이는 접근이 불가능했다. 작은 점처럼 보이는 사람들은 모두 개인 해변 소유자거나 그들에게 초대받은 사람들이었다.

"바람이 선선해요. 데이트하기 딱 좋은 날이죠?"

팔짱을 낀 두 사람이 다가와 말을 붙였다. 돌발상황이었다.

"약혼녀와 모처럼 데이트 중이라서요."

라인이 차갑게 정색하자 말 건 사람이 실소했다.

"네에, 좋은 시간 보내세요."

그들이 있는 곳이 실제가 아니라는 것을 알려주는 메뉴가 허공에 나타났다.

세바스찬 저택

깜빡이는 걸로 보아 확인하라는 뜻 같았다. 글자를 선택하자 세바스찬의 저택 앞으로 공간이 바뀌었다. 그의 저택에 초대받았던 화가가 기억으로 그린 그림을 실제처럼 구현한 것이다. 하이아와 라인은 동시에 신음을 흘렸다. 고대에 지어진 성처럼 높다란 담장에는 전기가 흘렀고, 1미터마다 감시 카메라와 전자총이 설치되어 있었다. 무단침입으로 세 번 경고한 뒤에도 떠나지 않으면 자동으로 전자총이 발포되었다. 죽지는 않으나 기절시킬 강도는 되었다.

대문을 지나자 조각상이 서 있는 분수, 작은 잎 하나도 튀어나오지 않게 다듬어진 정원수, 난생 처음 보는 형태와 질감의 꽃들이 심어진 산책로가 펼쳐졌다. 집 한 채가 마을 하나에

준하는 크기였다. 중세 시종 복장을 한 로봇이 핑거푸드와 샴페인을 들고 돌아다녔고, 영화 시상식에서나 볼 법한 드레스와 정장을 갖춰 입은 남녀가 두셋씩 모여 담소를 나누었다.

"저 시종로봇들 다 무장했어."

하이아가 말했다.

"응, 조각상에는 감시카메라가 달려 있네. 특수 제작한 모양인데?"

링크하기 전 받은 자료로 하이아와 라인은 그중 몇 개는 알아봤으나 어떤 건 화면에 뜬 표기가 아니었다면 알아보지 못했을 만큼 철저하게 가려져 있었다. 찾아온 손님들을 불편하지 않게 하기 위한 배려이자 기자나 침입자를 색출하기 위함이었다.

세바스찬의 저택에는 손님용 주차장과 자신의 전용 차고 세 개가 있었다. 한정판으로 제작되는 값비싼 차가 있는 차고보다 더 엄중하게 감시하는 차고에는 양산형 에어카 십여 대가 숨겨져 있었다. 양산형 에어카는 3분에서 15분 간격을 두고 비밀스럽게 차고를 빠져나왔다. 하이아와 라인이 맡은 차는 마지막 차였다. 여덟 번째 차가 나온 뒤 그들은 계산하고 카페를 나와 주차장에 있는 에어카에 올랐다. 아홉 번째 차가 나갔다는 연락이 왔다. 포옹과 대화로 시간을 끌다 마지막 차가 지나가자 전파방해감지기를 켜고 미행을 시작했다. 세바스찬은 초소형 로봇의 미행을 막기 위해 차에 전파방해 신호를 보내기 때문에 그걸 역추적하는 것이다. 세바스찬 또한 역추적당하는 걸 알아서 차 여러 대를 이용했다. 차종은 평범하나 특수 코팅을 해서 투시가 되지 않아 세바스찬이 어느 차에 탔는지는 알 수 없었다.

1차 훈련이 끝났다. 두 사람은 헤드기어와 장갑 따위를 벗었다. 팔꿈치와 무릎이 늘어난 셔츠와 바지, 팔만 뻗으면 상대의 어깨가 닿는 좁은 식탁, 플라스틱에 스펀지를 깐 의자, 사선으로 움직여야 하는 비좁은 공간이 눈에 들어왔다. 라인은 냉장고를 열어 빵과 채소를 꺼내 샌드위치를 만들었다. 커피를 끓이다 말고 하이아가 쿡 웃음을 터뜨렸다.

"와… 뉴스로 볼 때와는 다르네."

"그러게."

라인도 한숨을 쉬고 샌드위치를 먹었다. 그는 음식을 잘했다. 그런데 도통 맛이 느껴지질 않았다. 하이아의 집에서 함께 식사를 하고 있는데 고작해야 샌드위치라니. 평생 단 한 번이라도 기념일에 로스트 지구에 있는 레스토랑에 갈 수 있을까? 간다 해도 남의 사유지를 보다 오는 게 아닌가. 도대체 어떻게 해야 그런 집에서 사는 거지?

"집에 워터파크를 두고 사는 건 어떤 기분일까? 주얼리숍 테러범의 기분을 알 것 같아. 그 사람들에게 우리 같은 보통 사람들이 눈에 보이기나 할까? 하물며 라마스 사람들은? 같은 사람으로나 여겨질까?"

라인이 머리를 절레절레 저었다.

"워터파크가 있었어?"

"작년인가 세바스찬이 집에 워터파크를 짓는 공사를 한다는 기사를 본 적이 있어."

결혼하면 두 사람의 보증금과 그간 모은 돈을 합쳐 둘이 살 집을 구해야 했다. 그들의 형편으로 이사 갈 수 있는 곳은 경찰국에서 지금보다 멀어질 터였다. 아이가 태어나면 더 넓은 집으로 옮겨야 할 텐데, 그때까지 그럴 만한 돈을 모을 수 있을까? 아이에게 뭘 얼마나 해줄 수 있을까? 휴일에 워터파크에 데려갈 수는 있겠지?

"라인?"

혼자 생각에 빠졌던 라인은 하이아가 부르는 소리에 정신이 돌아왔다.

"어, 내가 치울게."

"아냐, 접시 두 갠데 뭐. 무슨 생각을 그렇게 해?"

"뭔가… 허망해지네…."

"그런 집은 관리하는 데만도 정신없을 것 같은데?"

"관리하는 사람이 있겠지."

"관리하는 사람을, 관리하는 사람을 두고?"

하이아의 말에 라인이 실소를 터뜨렸다. 현실로 돌아오는 기분이었다. 정원 관리자, 차고 관리자, 워터파크 관리자를 두고, 그 관리자들을 관리할 사람을 두고…. 생각만 해도 피곤한 삶이었다. 워터파크를 즐길 시간은 있을까?

하지만 평생 결코 그런 집은 문턱도 넘어보지 못하리라는 현실은 사람을 좌절시키는 구석이 있었다.

"경찰 일의 제일 힘든 부분은 일과 현실에서 오는 격차 같아. 던질 게 배설물밖에 없는 사람들의 시위 현장에 있다가 아버지를 만나 전망 좋은 식당에서 저녁을 먹고, 관리비만 수억씩 든다는 집을 보다 샌드위치를 먹고…."

하이아가 말했다.

"수억이라고?"

"음… 뉴스에서 본 것 같은데… 수천이었나?"

하이아의 말끝이 자신 없게 흐려졌다. 아무렴 설마 관리비로 수억이었을까? 아니면 그 정도라는데 놀라서 기억에 남아 있는 게 아닐까?

"가늠이 되는 돈이어야 말이지."

라인은 하이아의 긴가민가하는 반응을 수긍했다. 수천이든 수억이든, 별과 별의 거리처럼 체감하기 어렵다는 점에서는 똑같았다.

"도로 상황이 이렇게까지 정밀하게 재현되는 것도 기분이 이상해. 라비헴은 정말이지 감시와 통제의 도시랄까. 감시카메라가 제일 많은 도시 중 하나잖아. 3차원으로 구석구석 다 구현되어 있고 끊임없이 업데이트 되고 있지."

하이아가 그릇을 건조대에 놓으며 말했다.

짧은 휴식 후 다른 상황, 다른 도로에서 미행하는 훈련이 이어졌다. 미행해야 하는 차만 십여 대였고 미행을 전제해 길을 돌기 때문에, 이동 방향을 예측해서 계속 다른 팀원과 교대하고 차를 바꿔야 했다. 그들은 휴가 기간 내내 짧지만 강도 높은 훈련을 계속했다. 휴가 마지막 날이 작전 개시일이었다. 토호 지구의 성매매 업소에 잠입 중인 경찰이 수상쩍은 움직임을 포착한 것이다.

다음 날 하이아와 라인은 아동부서에서 제공한 에어카에 올라 대기했다. 몇 차례 위치를 이동하라는 지시가 떨어진 뒤 그들이 미행할 차례가 왔다고 했다.

"긴장되네."

라인이 말했다.

운전 연수를 다시 받았지만 직접 운전하는 건 오랜만인지라 하이아의 어깨도 굳어 있었다. 그들은 간격을 두고 목표 차량을 쫓았다. 목표 차량은 15분 뒤 토호 지구로 들어가 한 건물 앞에 멈췄다.

"의심하던 건물 앞에 섰습니다."

라인이 보고했다. 7분의 간격을 두고 하이아와 라인은 근방에 에어카를 착륙시키고 해당 건물이 보이는 카페에 들어가 창가 자리에 앉았다. 목표 차량은 겉보기에는 저가의 에어카이나 초소형 카메라가 장착되어 주변에 있는 사람들을 찍고, 이전에 다른 곳에서 본 사람들이 있는지 검색하고 있을 것이다. 검색을 마쳤는지 에어카가 주차장으로 들어갔다. 라인이 휴지로 입을 닦는 시늉을 하며 작은 목소리로 상황을 보고했다.

"주차장으로 들어갔습니다."

이후로는 대기하는 시간이었다. 그들이 지켜보는 자리에 세바스찬이 있을 확률은 1/10이었다. 멍하니 창밖을 구경하며 앉은 두 사람은 얼핏 보기에는 각기 따로 온 사람들 같았다.

30대 초반의 남녀가 들어와 음료를 주문해서 창가 자리로 왔다. 무심코 고개를 든 하이아와 라인의 낯빛이 변했다. 남녀 또한 일순 경직되었으나 곧바로 고개를 돌리며 착석했다.

"오랜만이네요. 여기서 마주친 게 우연은 아닌 듯한데…."

둘 중 여자가 음료를 마시는 척 고개를 숙이며 속삭였다. 여자는 유령은, 남자는 위린 한으로 기자였다.

"데이트 중이에요."

라인이 커피 잔을 들고 말했다.

"그런데 왜 우리 쪽을 안 봐요?"

유령은이 뻔한 연기는 그만 두라는 듯 말했다. 그러면서도 그 역시 시선은 위린을 향하며 라인과 대화하는 걸 감췄다.

네 사람은 똑같은 생각을 하고 있었다. 기자가 여기 왔다는 건, 경찰이 여기 왔다는 건, 조금 전 에어카에 탄 차량에 세바스찬이 탑승했을 확률이 높다는 뜻이었다.

하이아의 손목에 미세한 진동이 왔다. 에어카가 주차장으로 들어간 지 45분이 흘렀다. 작전 개시였다.

며칠 전부터 근방의 집을 빌려 잠복 중이던 경찰들이 쏟아져 나와 건물 안으로 들어갔다. 루이제 조가 아동부서에서 정말 믿을 만하다고 판단한 이들과 하이아와 라인처럼 다른 부서에서 데려온 이들이었다. 유령은과 함께 온 남자가 카메라

를 드는 것과 하이아와 라인이 그를 막아서는 건, 동시에 일어
난 일이었다.

"비켜요! 중요한 순간이라고요!"

유령은이 날카롭게 외쳤다.

"그러니까 안 됩니다! 절대 망치면 안 된다고요!"

"우리도 세바스찬을 몇 년간 쫓었어요. 여길 어떻게 알고
왔겠어요?"

유령은이 따졌다.

"세바스찬이다!"

위린이 소리쳤다.

건물에서 수갑을 찬 세바스찬이 나왔다. 방송에서 볼 때는
머리끝부터 발끝까지 명품을 둘렀는데 소박한 옷차림을 하고
있으니 완전히 다른 사람처럼 보였다.

"이거…."

하이아의 얼굴이 굳었다. 경찰들이 어수선했다. 일이 뜻대
로 되지 않은 것 같았다. 카메라를 든 위린 한을 본 세바스찬
이 수갑을 채운 손을 번쩍 들었다. 유령은과 위린 한은 카페를
나가 사진을 찍었다.

"경찰이 무고한 시민을 체포하는 현장입니다!"

세바스찬이 큰소리로 외쳤다.

"뭔가 잘못됐군."

라인이 신음을 흘렸다. 세바스찬의 태도는 지나치게 당당
했다. 채 30분도 지나지 않아 세바스찬이 아동 성매매 혐의로

체포되었다는 소식이 전광판 뉴스와 올림포스를 뒤덮었다.

"낌새를 챘던 것 같아."

다음 날 루이제 조의 사무실에서 하이아와 라인이 들은 말이었다.

경찰이 진입했을 때 세바스찬은 옷을 갖춰 입은 채 아이와 거실 소파에서 마주앉아 있었다. 세바스찬은 사회사업의 일환으로 아이와 함께 놀아주고 있었다고 주장하고 있으나 집에는 아이들이 먹을 만한 음식이나 장난감이 없었다. 술병들 사이에 끼어 있던 오렌지주스는 칵테일 재료였을 가능성이 컸다. 허름한 외관과 달리 사치스럽게 꾸며진 침실에는 성행위에 쓰이는 각종 도구가 있었지만 세바스찬의 지문은 거실과 부엌에서만 나왔다. 침실에는 아예 들어가지도 않았던 것이다.

"저희가… 뭔가 실수했던 걸까요?"

라인이 무거운 목소리로 물었다.

"알 수 없지. 동원된 인물이 한둘이 아니니 누가 무심코든 고의든 정보를 흘렸거나, 다른 아홉 대의 차 중에 누군가가 들켰거나, 감시받고 있던 거야 알고 있었을 테니 촉이 안 좋아서 기다려봤거나…. 기자도 있었다며?"

"정보원에 대해서는 알려줄 수 없답니다. 하지만 경찰은 아니라고 했습니다."

루이제 조는 천천히 사무실을 둘러보았다.

"사무실을 빼야할 것 같아."

"그게 무슨 말씀이십니까?"

말미에 합류했으나 하이아와 라인은 루이제 조가 이 작전을 성사시키기 위해 얼마나 노력해왔는지 보았다. 세바스찬을 체포하는 자리에 나선 경찰 중에는 하이아와 라인이 아는 경찰도 있었다. 서로 놀랐을 만큼 루이제 조는 보안에 최선을 다했다. 그 많은 인원을 진두지휘하며 쉬운 일이 아니었을 터였다. 수년을 공들인 일이었다.

"성매매 업소에 잠입했던 경찰도 그만두겠다고 하고…. 어쨌든 작전은 실패했고 경찰이 공개적으로 망신을 당했으니 누군가는 책임을 져야지."

"증거가 나올 겁니다. 한두 해 해온 일이 아니에요. 사람의 움직임에는 흔적이 남습니다."

하이아가 힘껏 만류했다.

"애들 사진, 동영상… 더는 못 보겠어. 이 죄악의 도시를 그만 떠날 거야. 자네들도 수고했네."

하이아와 라인은 부장실을 나왔다. 늘 환한 불이 밝혀진 경찰국의 복도가 오늘따라 어두컴컴하게 느껴졌다.

정황증거는 넘쳐흐르나 결정적인 증거가 없었다. 세바스찬은 무고를 주장하는 것만이 아니라 한 술 더 떠, 자신을 아동 성범죄자로 의심했다면 집에 들어간 즉시 경찰이 진입했어야 했다, 자기가 진짜 성범죄자였다면 아이가 무사했겠는가, 경찰이 아이의 안위보다 범인 체포에만 관심을 둔다, 라고 성토하며 아동보호소에 거액을 기부하겠다고 나섰다.

그 기사가 나온 뒤 비밀경찰이 더는 못하겠다고 사표를 냈다. 아동 포르노를 뿌리 뽑아야 한다는 명분에 기대서 지난 몇 년간 눈앞에서 벌어지는 상황을 외면해 왔는데 모두 허사로 돌아갔다. 자신이 공범처럼 느껴지는 죄책감을 더는 감당할 수 없었던 것이다.

헬렌이 팀원들을 소집했다.

"아동부서를 도와 아동 성매매 업체를 일괄 소탕한다. 세바스찬이 연루되는 바람에 세계 각국의 주목을 받는 사건이니만큼 다들 언제, 어디서든 입조심해. 주점에서 나누는 말이 옆자리에 앉은 기자의 귀에 들어갈 수도 있어. 알지? 언론이 지금 경찰을 잡아먹지 못해 안달인 거."

경찰국은 작은 곳이라도 색출해 성과를 내야 한다는 압박을 받고 있었다. 세바스찬을 체포하기 위해 모은 자료들이 그들에게도 일부 공유되었다.

"그런데 진짜 세바스찬이 아동 성매매를 했다고? 소름끼쳐서 세바스찬사 물건 쓰겠어?"

"우리 집 청소기도 세바스찬사야."

"우리 건물도 세바스찬의 자동 청소 시스템을 쓴다고."

"라비헴의 빌딩의 자동 청소 시스템의 8할이 세바스찬이잖아."

"세바스찬사 물건 하나 없는 집 있나?"

혼란에 빠진 경찰들이 한 마디씩 말을 던졌다.

"난 없어. 청소는 빗자루와 걸레가 최고야. 쉽고, 싸고, 전기세 안 들고, 고장 안 나고. 청소기는 청소 스트레스를 줄여주는 거지 손 청소를 못 따라가."

"지금 그게 문제야?"

"청소기를 안 쓰면 뭐? 어지간한 붙박이 세탁기, 냉장고 다 세바스찬 제품인 거 몰라?"

몬드리안 국장은 루이제 조를 국장실로 호출했다.

"양식에 따라 사직서만 제출하면 다인가?"

"죄송합니다."

"몇 년만 참아. 자네만큼 이 일에 열성적인 경찰은 없어. 잠잠해지면 다시 부르지."

"세바스찬이 눈에 불을 켜고 절 좇을 겁니다. 작은 자리라도 맡았다가는 '아동 성범죄를 묵과한 자가 다시 간부직 맡아' 운운하는 기사를 내보내겠죠. 아니, 그 전에 지금까지 제가 맡은 사건들을 샅샅이 조사하고 세무국을 움직여 세무조사를 받게 할 거예요. 뭐든 꼬투리를 잡아서 절 감방에 넣으려 들겠죠. 절 내사해야 한다는 압박을 받고 있지 않다고 말하지 마세요. 라비헴에서의 제 인생은 끝났습니다. 저도 지쳤고요."

"뭘 하려고?"

몬드리안이 불퉁하게 물었다.

"한 번도 가 본 적 없는 곳에서, 한 번도 해본 적 없는 일을 할 겁니다."

"그게 뭔데?"

"소도시의 조그만 와플 가게요."

"만들 줄은 알아?"

"세바스챤사의 와플메이커 있잖습니까. 반죽부터 완성까지 버튼 하나, 모르세요?"

국장은 탁자 아래에서 힘줄이 드러나도록 주먹을 쥐었다. 루이제 조는 일이 잘못되면 혼자 책임지기 위해 그에게도 비밀로 해 왔다.

"농담을 하면 웃으셔야죠. 언제까지 몬스타 국장 소리 들을 거예요? 갑니다."

"뒷문으로 가. 기자들은 정문에 몰아놨어."

"배려에 감사드립니다."

루이제 조는 경찰국을 떠났다.

경찰은 토호 거리를 수색해 불법 성매매 업소를 색출하고 업주들을 체포했다. 아이들을 보호하기 위해 아동보호소와도 연계했다.

유령은과 위린 한은 그간 세바스챤을 조사한 내용을 시리

즈로 연재했다. 고소를 피하기 위해 명확히 세바스찬이라고 쓰지 않고 부유층이 비밀리에 아동 성매매를 하는 방법으로 돌려서 작성했다. 하지만 신문사에 들어오는 광고가 반으로 줄었다.

세바스찬사 제품에 대한 불매운동이 일었고 청소기, 아이들 장난감 따위를 버리고 불태우는 영상들이 올림포스를 장식했다. 하지만 세바스찬사는 타격을 입지 않았다. 개인이 쓰는 물건과 달리 건물 자동 청소 시스템이나 경찰과 군대에 납품된 로봇은 쉽게 반납하거나 없애기 어려웠다.

공급이 있으니 수요가 있는 겁니다. 라마스가 라비헴을 범죄로 물들이고 있어요. 바에서 술을 사며 친구가 되고, 한 잔만 더 하자고 데려갑니다. 절대 미성년자가 아니라고 해요. 화장을 진하게 한 채 어두운 조명 아래 서 있으면 몇 살인지 어떻게 압니까? 아이들을 성매매로 내몬 건 그 아이들의 부모입니다! 아침저녁으로 출퇴근하며 성실하게 일하는 시민들은 출퇴근 시간으로 평균 2시간을 공중에 허비하는데, 그들은 어린 자식들을 이용해 술과 마약을 구입하며 라비헴에 곰팡이처럼 기생해 악의 포자를 뿌리고 있습니다!

현실을 모르는 이상주의자들, 빈민을 연구해 명문대의 학위를 딴 소위 지식인들은 학회랍시고 모여서 발표 몇 장하고 칵테일 파티나 즐기면서 그들 또한 라비헴의 시민이라며 혈세를 낭비하라고 요구합니다. 누구나 라마스로 떨어질 수 있다며 공포를 조장하죠.

라비헴은 대학 장학금 비율 세계 1위, 고소득 직업군 또한 세계 1위의 도시입니다. 누구나 성공할 수 있는 꿈의 도시, 그게 바로 라비헴입니다. 세계 유수의 도시인 라비헴에는 라비헴의 수준에 맞는 공연장이 필요합니다. 성실한 삶을 살아가는 라비헴 시민들에게는 공연을 즐길 권리가 있습니다. 라비헴의 관광수익까지 늘려주니 일석이조입니다. 시민의 적, 토지를 무단으로 점거한 자들, 술과 마약과 도박에 빠져 자기 삶을 스스로 망친 자들이 왜 우리에게 생존권을 요구합니까? 왜 우리가 피해를 봐야합니까? 저는 라비헴을 청정도시로 만들기 위해 앞장설 것이며⋯.

행크스 시장이 스크린에서 열변을 토했다.

"세계 나오는데?"

"세바스찬을 감싸려고 물타기하는 거네."

"라마스 사람들은 처음부터 라마스 사람이었나? 밀려난 거잖아. 전에 순찰 돌다 만난 사람이 자기가 한때 150석 식당 사장이었다고 했어."

"그걸 어떻게 믿어? 거기 사람들 다 한때는 줄반장이라도 한 양 말해."

"시장이 하는 말 솔직히 틀린 거 없잖아. 왜 우리가 라마스까지 책임져야 해? 불법거주자들이라고."

"라비헴 범죄율은 세계 1위야. 그게 다 라마스 때문인 건 사실이지."

경찰국에서 뉴스를 보는 경찰들이 말을 주고받았다.

10년 전만 해도 저는 라비헴 굴지의 청소업체 사장으로 고액 세금 납부자 중 한 명이었습니다. 하루에 4~5시간만 자며 성실하게 일했죠. 세바스찬사가 빌딩 자동 청소 시스템 특허를 획득한 뒤, 라비헴에서는 세바스찬의 시스템을 사용하는 건물주에게 세금을 감면해주고 설치비를 지원하기 시작했습니다. 제가 낸 세금으로요! 사업이 사양길에 들어섰습니다. 집마저 팔아 직원들에게 밀린 월급을 일부나마 정산하고….

현재 라마스에 살고 있는 중년 여성이 나와 침통한 얼굴로 인터뷰를 했다. 인터뷰를 하는 자리에는 제니스 시의원도 자리해 있었다.

세바스찬이 헨리 행크스 시장에게 불법 선거자금을 댄 정황이 있습니다. 이를 수사하던 수사관은 사소한 일로 트집이 잡혀 강등되었습니다. 이게 우연일까요? 전 시장 때 소방국은 세바스찬사의 화재진압로봇을 대거 구입하며 소방관을 해고했습니다. 그들이 갈 곳은 라마스밖에 없었습니다. 이 오래된 유착 관계를 철저하게 조사해야 합니다. 기술이 인간의 일을 대체하더라도 인간에게 적응할 시간을 주며 순차적으로 진행해야 합니다. 라마스 시민 또한 성실한 납세자들이었습니다. 최근

'장래가 불분명하다', '이러다 자칫 라마스에 가게 될 것 같다' 는 불안이 2030 사이에서 널리 퍼지고 있습니다. 왜 그런 불안이 퍼지는 걸까요? 그게 현재 라비헴의 현실이기 때문입니다.

세바스찬은 아동 성매매를 전면 부인하고 있으나 장난감 하나 없던 곳에서 아이와 놀아주고 있었다는 말을 누가 믿습니까? 심지어 언어장애가 있는 아이입니다. 글자도 몰라 조사조차 불가능해요. 세바스찬은 그 아이의 보호자가 누구인지, 어떤 복지단체의 소개로 그 아이와 시간을 보내기로 결정했는지, 아무런 답변을 내놓지 못하고 있습니다. 그런데 헨리 행크스 시장은 경찰국 아동부서에 대한 전면적인 내사에 착수했습니다. 명백한 보복성 내사입니다. 심지어 이 상황에서도 라마스에 계속 테리를 투입하고 있습니다.

아동 성매매범이 만든 감시용 로봇을 투입한다는 건 도대체 무슨 의도일까요? 라마스 주변에 세워둔 진압로봇들도 그대로입니다. 시장은 라마스와 라비헴을 갈라놓으며 라마스를 악의 축으로 규정해 라비헴 소외계층의 불만을 라마스에 표출하도록 유도하고 있습니다. 이런 이분법적인 사고방식으로는 라마스와 라비헴의 갈등을 해결할 수 없습니다. 오히려 불화의 불씨에 기름을 부어 분쟁을 조장하는 행위입니다.

제니스 시의원이 강경한 어조로 말을 쏟았다.
"난리 났군. 네 생각은 어때?"

제안이 하이아에게 물었다. 혼자 생각에 빠졌던 하이아는 질문을 알아듣지 못했다.

"어휴, 넌 정말이지 무슨 생각을 하고 사는지 모르겠다."

제안이 혀를 찼다.

"너희는 막판에 투입되었어. 너희까지 건드리진 않을 거야."

헤렌이 하이아에게 작은 목소리로 말했다. 그는 뒤늦게 두 사람이 세바스찬 체포 작전에 투입되었다는 걸 들었다.

"나만 괜찮다고 될 일이 아니잖아."

하이아가 힘겹게 말했다. 루이제 조를 시작으로 아동 부서에 대한 내사가 시작되며 그의 여권이 정지되었다.

"달리 방법이 있나?"

헤렌의 반문에 하이아의 턱에 힘이 들어갔다.

내사가 공정하게 진행될 리가 없었다. 트집을 잡으려고 작정을 하고 덤비면 뭐든 걸리지 않을 수 있을까. 진짜 이대로 루이제 조가 유죄 판결을 받고 교도소에 가게 되는 건가?

오후 6시 반, 지진이라도 일어난 양 도시가 진동했다. 홀로그램 가수들의 공연 〈별들의 진화와 사랑〉이 시작된 것이다. 예매가 개시됨과 동시에 오만 석이 전부 매진되었고, 전 세계에 생중계되어 1억 명이 동시 관람하고 있었다. 라비헴의 4D카폐는 몇 달 전에 이미 예약이 끝났고 금요일인데도 거리가 한산했다. 그러다 한 번씩 도시가 들썩였다.

"미치겠네!"

경찰국 곳곳에서 예민한 소리가 튀어나왔다. 서버가 느려져서 사소한 업로드도 오래 걸렸다.

"나도 보고 싶었는데…. 모처럼 레지나도 나온다던데…."

누군가 중얼거렸다. 이런 대규모 공연이 열리는 날은 경찰국, 의료국, 소방국 모두 비상근무에 들어갔다. 사건이 발생해도 느려진 서버로 인해 접수에 시간이 걸렸다. 그만큼 대응도 늦어져 자칫 작은 일이 큰일로 번질 수 있었다. 하이아와 라인도 신경을 곤두세우고 있기는 마찬가지였다.

"이러다 무슨 일이라도 나면…."

"야야, 쓸데없는 소리 하지 마!"

"테리도 서버를 잡아먹는데…."

"서버 확충부터 하고 투입해야지…."

"제발 다들 공연만 보고 아무것도 하지 마라."

마지막 말이 끝나기 무섭게 붉은 경고등이 깜빡였다.

라마스에서 대규모 시위 발생! 1팀에서 3팀은 진압로봇에 링크하라.

라마스에서 대규모 시위 발생! 1팀에서 3팀은 진압로봇에 링크하라.

"이럴 거면 전담국은 왜 만든 거야?"

진압실로 달려가는 경찰들의 말이 곱지 않았다. 하이아와 라인은 짧게 눈을 마주치고 뛰었다. 일어날 일이 일어났다는 느낌이었다.

"와아아아아아아아아!"

공연을 보는 라비헴 시민들의 박수와 환호가 진압실까지 따라 들어왔다. 좌석에 앉아 헤드기어를 착용해서야 소리가 사라졌다.

"6호기 링크 중입니다."

"7호기 링크 중입니다."

"8호기 링크 중입니다."

하이아가 맡은 8호기도 링크하는 데에만 15초가 소요되었다. 현장에서 15초는 1시간과 같았다. 무슨 일이든 일어날 수 있었다.

"테리 서버에 접근을 허용해 줘야 우리도 현장에서 일을 할 거 아니오?"

몬드리안이 화면에 뜬 라마스 전담국장에게 노성을 질렀다.

"그쪽은 벽만 서면 우리가 알아서 할 거요."

라마스 전담국장이 태연자약하게 응수했다.

"서버에 과부하가 걸린 거지? 영상 송출이 제대로 되지 않는 거야."

몬드리안의 어조가 음산하게 깔렸다. 순간 그가 있는 국장실의 조도가 낮아지며 어둠이 내려앉는 듯했다.

"우리 일은 우리가 알아서 해!"

전담국장이 서둘러 연결을 종료했다.

몬드리안은 진압실로 국장 직통 명령을 전송했다.

[절대 진압로봇이 쓰러지게 해선 안 돼. 그 어떤 시민도 다쳐서는 안 된다. 그게 우리의 최우선 목표다.]

"우와화화화화화화!"

국장실로 환성과 웃음이 쏟아졌다. 몬드리안은 손으로 민머리를 쓸었다. 머리와 손이 막 씻은 듯 흥건했다.

헤렌 수이는 국장에게 직통 전화를 걸었다.

"지시 사항이 화면에 뜨지 않습니다. 뭐라고 보내신 거죠?"

"전담국에서 상황을 통제하지 못하고 있어. 테리 서버와 링크가 제대로 되지 않는 모양이다. 진압로봇이 쓰러지면 안 돼. 시민이 다치지 않는 게 우리의 목표다."

"네."

헤렌은 진압실 내 헤드폰에 연결된 마이크를 온으로 올려 국장의 지시를 전달했다. 보통 텍스트 명령어를 쓰는지라 잘 쓰지 않던 기능이었다.

"진압로봇이 쓰러져서는 안 된다. 자칫 대형 참사로 이어질 수 있어. 시민 보호를 최우선으로 한다."

"어느 시민이요?"

"어느 시민이 어딨어?"

누군가의 질문에 헤렌이 목소리에 노여움을 실었다. 그녀는 이를 악물고 말했다.

"라비헴, 라마스를 가리지 않는다."

동시에 라마스 전담국에서 폭동 주모자를 체포하는데 협력하라는 연락이 왔다. 헤렌은 팀장 채널에 들어갔다.

"어떻게 해야 하는 거야?"

1팀과 2팀의 팀장이 혼란스러워했다.

"국장 지시 못 받았어? 우린 전담국의 보조가 아니라 경찰국이야. 아직 링크하지 못한 진압로봇도 있어. 제어하지 못하면 진압로봇에 압사당하는 사람들이 나올 수 있다고. 다들 정신 바짝 차려."

헤렌이 날카롭게 말했다.

"알았다고."

1팀장은 라마스를 질색했다. 하지만 국장의 지시가 떨어진 마당이었고, 그도 사람이 죽으면 안 된다는 상식은 갖추고 있었다.

"전담국의 움직임이 거칠어. 저쪽도 링크가 불안정한 모양인데?"

"영상이 떠야 뭘 조심하든 말든 하지. 영상에 시차가 발생하고 있어."

2팀장과 1팀장이 번갈아 말했다.

"정신차리고 진압로봇 균형 체크해!"

팀장 채널에서 나온 헤렌은 자기 팀에 음성으로 같은 지시를 내렸다.

"8호기 영상 떴습니다. 내부 회선으로 공유합니다."

하이아가 말했다. 지직거리는 화면이 팀원들에게 공유되었다. 여기저기서 신음이 솟았다. 아비규환이었다. 들소떼처럼 몰려든 사람들이 분뇨와 쓰레기를 진압로봇에게 투척하고 있었다. 저번 시위 때 진압로봇을 쓰러뜨리려는 움직임이 있었던 터라 지지대를 보강했지만 장담할 수는 없었다.

"우리는 …죄자가 아니다!"
"테리… 진압로봇을 철수…!"

시민들의 구호가 끊어지며 들렸다. '우리는 범죄자가 아니다', '테리와 진압로봇을 철수하라'였다.

"우리도 사람이다!"

누군가의 울부짖음이 잠시 잡음을 뚫고 선명하게 울렸다.

"…봇을 철수하…!"

잠깐 선명해졌던 음성은 다시 과하게 삶은 면처럼 투두둑 끊어졌다.
"공연을 중단시켜야 합니다."
헤렌이 국장에게 연락했다.

"공연장에 직접 연락해 중단을 요청했네. 그런데 거기 말이 공연을 갑자기 중단시키면 그건 그것대로 난리가 날 거라는 거야. 안 그래도 부족한 회선이 다 항의에 쓰일 거라는데…. 전담국에서 경찰국에 회선을 열었으니 테리에 링크해. 불안정하지만 없는 것보단 낫겠지."

수화기 너머로 열광하는 사람들의 비명 같은 함성이 헤렌의 귀에도 전달되었다. 지금 공연을 중단시켰다가는 전 세계적인 통신망 문제를 불러일으킬 수 있었다.

공연장에서, 4D 카페에서, 집에서, 공연을 관람하는 사람들의 함성이 라마스에까지 들려 시위대의 고성인지 관람객의 함성인지 구분이 되지 않는 소리들이 진압로봇을 통해 진압실로 전달되었다. 오래된 흑백영화처럼 지저분한 화면에서 라마스 전담국이 그물을 던져 사람들을 포획하는 모습이 잡혔다.

"미치겠군, 진정시켜도 모자랄 판국에…. 빨리, 빨리, 빨리 좀 떠라!

헤렌이 초조하게 발을 떨었다. 마침내 테리에서 찍은 영상이 송출되었다. 과부하가 걸려 위치만 표기하는지라 사람들은 점으로 표시되었다. 한적한 곳은 흰색에 가깝게 밀집된 곳은 붉은색에 가깝게 표시되는데, 온 화면이 공포영화 속 장면처럼 시뻘겠다.

"1호기는 오른다리를 접고 어깨를 맞대. 8호기는 왼다리를 접어. 2호기, 7호기는 사람들을 유도해. 길을 터!"

앞뒤로 압박당하면 선 채로 압사할 수 있었다. 헬렌은 군중의 흐름을 읽는 앱을 가동시키고 진압로봇을 움직여 길을 열었다.

"원을 만든다. 4호기, 5호기도 합류해!"

1팀, 2팀, 3팀의 팀장은 각기 주어진 상황에 따라 크고 작은 원을 만들어 사람들을 돌리기 시작했다. 계속 움직이게 해야 압사 사고를 방지할 수 있다. 하지만 원은 수시로 끊기며 정체됐다. 전담국에서 시위대를 체포하며 원을 일그러뜨렸고 일그러진 자리에서 소용돌이가 발생했다. 그 와중에 진압로봇의 그물에 붙들려가는 사람들을 본 이들이 분노해 진압로봇에 달려들어 맨손으로 두들기는 일까지 발생했다.

"진압반에서 오일을 과도하게 분사하고 있습니다. 땅이 미끄러워지면 넘어지는 사람이 발생할 수 있습니다."

라인이 보고했다. 누군가 넘어지고 그 사람에 걸려 또 다른 사람이 넘어지기 시작하면 대형 참사로 이어지는 건 시간 문제였다. 라인이 찌그러진 원을 복구하려는 찰나 진압로봇에서 튕겼다. 그는 재링크를 시도했다. 전신의 피가 다섯 손가락 끝으로 한꺼번에 빠져나가는 것 같았다.

상황을 보고받은 몬드리안 국장이 시장에게 연락해 최후 통첩을 가했다.

"라마스 시민들을 계속 체포하려 들면 경찰은 모두 링크를 해제할 거요. 누구든 죽거나 다치면 다 당신 책임이야!"

"이 상황에서 링크를 해제하면 다 당신 책임이 되리라는 걸 모르나?"

"나야 옷 벗으면 그만이지. 당신은 시장 자리에서 내려올 배짱이 있나? 당선된 지 1년밖에 되지 않았는데? 전 세계에서 홀로그램 공연 현장을 취재하러 온 기자들이 있어. 전담국이든 경찰국이든 진압로봇에서 수시로 튕기고 있지. 로그가 남는지라 감출 수도 없어. 이 상황에서 계속 진압 명령을 내려봐. 누구 책임이 더 큰지 기자들에게 물어보지. 난 공연 중단까지 요청했어. 당신은 뭘 했다고 할 참인가?"

몬드리안은 시장의 기세가 꺾이는 걸 느꼈다.

"나는 시장으로서 라비헴의 안전을 위해…."

"테리를 철수하겠다고 말하고 시위대를 진정시켜, 당장!"

그는 거칠게 통화를 종료했다. 더 붙들면 육두문자가 튀어나올 것 같았다. 변명할 시간에 빨리 하라고 이 한심한 놈아!

라비헴에서 이 공연을 보는 사람이 최소한 500만 명이었다. 홀로그램 가수의 노래를 듣지 않는 몬드리안조차 아는 노래가 반주 없이 도시를 진동했다. 사람들이 따라 부르고 있었다. 전쟁터를 방불케 하는 화면과 어울리지 않는 빠른 비트의 댄스곡이었다.

…철수하니 …진정하고 …해산…

라마스 전담국장의 목소리가 뚝뚝 끊겨 들렸다. 떼창에 묻혀 그의 목소리를 아는 몬드리안이나 겨우 알아들을 수 있는 소리였다.

"테리를 철수한다는 건가?"

지시에 익숙한 진압실 내 경찰들은 노래 틈에서 라마스 전담국장의 목소리를 감지했다.

"시위대에 해당 내용이 전달되려면 시간이 걸릴 거야, 긴장을 놓지 마! 텍스트가 아닌 음성으로 이야기한다."

헤렌 수이가 목소리를 높여 지시했다.

시장의 연락을 받은 전담국장이 전담국에 테리를 철수시키라는 명령을 내렸다.

"테리를 철수시켜. 전부, 빨리!"

"서버에 과부하가 걸린 상황인데 한꺼번에 철수시키면 더 큰 문제가…"

"이 멍청아, 지금 말이 먹힐 것 같아? 시위대에게 제대로 전달되기는 해? 테리가 떠나는 모습을 보여줘야 할 거 아냐? 시장이 즉각 철수하랬는데도 대응이 늦어 사고가 터지면 네가 책임질 거야? 당장 그 파리 떼들을 불러들여!"

한 현장 팀장의 말에 전담국장이 버럭 고함을 질렀다. 사고가 생기면 자리가 위태로운 건 그 자신이었다. 시장이 그의 뒤를 봐줄 수 있을 리 만무했다. 시장의 목부터가 간당간당해졌다.

공연은 밤 11시에, 라마스의 시위는 새벽 3시 30분에, 한 명의 희생자를 내고 끝났다. 라마스 전담국의 전기총에 맞은 열두 살 어린아이였다.

"어린아이라는 걸 알면서 발포 지시를 내린 겁니까?"

"출력이 과도했습니까?"

"전담국에 들어온 지 일주일 밖에 안 된 대원에게 발포 권한을 준 겁니까?"

뉴스 화면에서 라마스 전담국 입구에 줄을 선 기자들은 드나드는 사람은 누구든 붙들고 닥치는 대로 질문을 퍼부었다. 전담국장은 국장실에서 버티며 어떠한 대응도 하지 않고 있었다.

"열두 살이라니…."

제안이 입술을 짓씹었다. 그의 딸도 열두 살이었다.

"야, 그거 우리 신입이래."

짐이 하얗게 질린 얼굴로 말했다.

"뭐?"

하이아, 라인, 헤렌 등 3팀의 시선이 모두 짐에게 쏠렸다.

"올림포스에 떴어. 영웅이었다가 귀걸이 물의를 일으킨 경찰이 라마스 전담국으로 옮겨갔다가 대형사고 친 거라고… 그러게 가지 말라니까!"

짐이 주먹으로 책상을 쳤다.

"미성년자에게는 전자총 발포 금지야. 얼마 전까지 경찰이었어. 몰랐을 리가 없잖아."

"발포한 건 개 하나가 아닌데, 하필 어린아이였던 터라…."

"어쩌다 열두 살에게 발포를 한 거지?"

"솔직히 한 명으로 끝난 게 기적이었던 상황 아냐? 그날 자다가 가위 눌렸잖아. 내 진압로봇이 군중에게 쓰러지는⋯."

"나 상담 신청할 건데 같이 할래? 설거지하려고 물 트는데, 물소리가 사람 비명 소리로 들리더라⋯. 그대로 주저앉았다니까?"

세바스찬은 즉시 테리의 매뉴얼을 공개했다. 수 백 페이지에 달하는 목록 중 투입과 철수 시 가급적 한 부대씩 철수를 해야 서버에 과부하가 걸리지 않는다는 내용이 있었다. 전담 국장은 세바스찬사에서 테리 투입 전 서버 확충에 협조하겠다고 해놓고 차일피일 미루는 바람에 과부하에 걸린 거라고 응수하며 관련 자료를 공개했다.

기자들에게 에워싸인 신입이 뉴스 화면에 잡혔다. 얼굴은 모자이크 처리되고 목소리는 변조된 그가 혼란 속에서 말을 쏟았다.

시위자가 진압로봇에 고철 따위를 계속 집어던졌습니다. 세 번 경고 후 화면에 발포하라는 명령어가 떠서 지시대로 한 겁니다! 화면이 제대로 송출되지 않아 맹세코 어린아이인 줄 몰랐습니다!

사망한 아이는 168센티미터에 55킬로그램인데다 청각장애가 있었다. 경고를 듣지 못한 것이다. 사람이 보면 어린아이인 걸 알 수 있으나 진압로봇은 성인으로 판단했다.

"열두 살이 168센티미터였다고?"

"내 조카도 열네 살인데 172센티미터야."

"라마스에서 일부러 체격이 큰 애들을 전면에 내세웠대. 테리를 철수시키려고 사고를 유발한 거지."

한 경찰의 말에 짐이 눈살을 찌푸렸다.

"올림포스 끊어. 인터넷도 적당히 하고."

"아니면 왜 열두 살짜리가 앞에 있었겠어? 애들이 전면에 엄청 몰렸더라. 솔직히 올림포스가 더 믿을만하지. 기자는 시장 말 받아쓰기 전문이고, 전문가니 뭐니 하는 사람들은 다 정부나 회사에서 연구비 지원받잖아. 돈 주는 곳에서 싫어하는 결과를 내놓을 수 있겠어?"

그 경찰이 반박했다.

"어제 사람들 계속 뺑뺑이 돌렸잖아. 그러다보면 애들이 진압로봇 앞을 지나는 순간도 있는 거야. 그걸 포착한 화면 하나로 전체를 보자고?"

짐이 기함을 토했다. 현장에 있던 경찰마저 올림포스를 보고 헛소리를 해대니 일반 사람들은 어떨지 가늠도 되지 않았다.

"올림포스러들이야말로 조회수와 구독으로 돈 벌어. 돈만 버냐? 사람들이 자기 말 맞는다고 동조해 주는 것도 신나는 일이지. 인간은 명예욕이 있는 존재니까. 옛날에는 호환, 마마, 전쟁 등이 제일 무서운 재앙이었고 그 후로는 무분별한 불량 불법 비디오가 문제였다면, 지금은 올림포스와 커뮤, SNS

가 문제야. 그놈의 알고리즘이 비슷한 걸 계속 보여 주고, 연이어 보다 보면 '다 그런가 보다'하면서 동조하게 되는 거 삽시간이라고. 그게 다 군중심리에 휘말리는 거야."

"동의. 한동안 커뮤에 빠졌었는데 최근 바빠서 못 들어가다 오랜만에 들어가니, 뭘 저런 걸로 싸우나 싶은 거야. 팩트 체크를 해서 진위를 판단하는 게 아니라 자기들 입맛대로 뭘 사실로 받아들일지 결정해. 올림포스에서는 레시피, 효율적인 수납법 같은 것만 찾아봐야 해. 그거 계속 보다 보면 사람 이상해져."

제안이 거들었다. 아이들을 일부러 전면에 내세운 거라고 주장한 경찰은 재반박하지 않았지만, 수긍해서가 아니라 더 말해봐야 입씨름으로 번질 뿐이라고 여겨서인 듯했다.

열두 살 아이의 죽음에 분노한 라마스에서는 조직적인 시위를 준비하고 있었다. 루나는 이번 시위에 적극 앞장서며 사람들을 모았다.

"놈들은 테리를 완전히 철수하지 않았어! 철수 명령이 떨어진 뒤에도 곳곳에서 테리가 발견되고 있네."

루나가 하이아와 라인을 향해 촘촘한 철망으로 만든 새장을 흔들었다. 테리 20여 기가 안에 들어 있었다.

"서버 과부하로 인해 지시가 전달되지 않은 테리가 있었다고 들었습니다. 놔두면 자연히 돌아갑니다."

라인이 말하며 철망 안에 갇힌 테리를 살폈다. 테리에 달린 소형 프로펠러는 철망 정도는 쉽게 자를 수 있는데도 꼼짝도 안 하고 있었다. 프로펠러가 갈린 탓이었다.

"테리는 돌덩이로 찍는 정도로는 망가지지 않지. 다이아몬드를 다이아몬드로 가공하듯 테리로 테리를 갈아버리면 돼."

둘의 시선을 눈치 챈 루나가 말했다.

"이 빠른 걸 용케 잡으셨네요. 일단 사람 손에 잡히면 프로펠러가 작동하지 않으니까요. 사람이 다치는 걸 방지하기 위해서죠. 테리에도 각종 안전장치가 되어 있습니다. 시위 전에도 테리를 포획하셨죠? 갇힌 테리가 명령에 따라 돌아가려 하는데 막혀 있으니 무리하게 움직이고, 그 또한 회선 과부하에 악영향을…."

"홀로그램 공연 때문이지! 그 공연 티켓 한 장 값이 라마스 10가구의 1년 치 식비에 맞먹어. 여기서 그 공연의 함성을 듣는 사람들의 심정을 생각해 봤나? 테리는 아파트 내에는 침투하지 않지. 거긴 실내로 인식하니까. 하지만 우리 마을은 달라. 목재와 폐자재로 지어진지라 실내로 인식하지 않는단 말이야. 집안이며 화장실까지 날아 들어왔네. 그걸 놔뒀어야 하나? 카메라 코앞에서 배설을 해야겠어? 공중화장실이나마 화장실이 있는 우리가 이 정도였으니 다른 곳은 어땠겠나? 자네들이 여기서 하루만 살아 봐!"

"시위 때 아이가 사망한 일은 보수적인 언론마저 시장과 라마스 전담국에게 등을 돌리게 했습니다. 경찰국에 대한 시민들의 지지율은 상승했고요. 경찰국은 전부터 테리 투입을 반대해 왔습니다. 전담국도 테리 재투입 이야기는 못 꺼낼 겁니다. 대규모 시위는 자칫 문제를 악화시켜요. 저번 시위 때 저도 진압로봇에 링크했습니다. 최선을 다했지만 아찔한 순간들이 있었어요."

하이아가 말했다. 루나는 닥치라는 듯 손을 휘저었다.

"경찰국을 믿고 가만히 있으라는 건가? 그건 우리보고 아무것도 요구하지 말고 세금 낭비처, 범죄의 온상이라고 낙인 찍힌 채로 소위 선량한 사람들의 적선에 기대서 살라는 말과 같아. 푸른리본 간부가 찾아와서 자네와 같은 말로 만류하더군. 시위가 문제를 악화시킨다? 여기서 더 악화될 게 있나? 아이가 죽었는데 명령에 따랐을 뿐이다, 매뉴얼을 지키지 않아서다, 서버를 확충해주지 않은 탓이다, 서로 남 탓만 하다 흐지부지되겠지. 발포한 자가 직위 해제되거나 해당 진압로봇만 폐기 처리되거나, 끽해야 라마스 전담국장이나 교체되고 말 걸세. 세바스찬은 앞으로도 경찰, 전담국, 소방국에 로봇을 팔아먹으며 승승장구하겠지."

"시위의 목적이 뭐죠?"

하이아가 물었다.

한낮인데도 루나의 안광이 어둠 속에서 보는 야생짐승의 그것처럼 번득였다.

"나는 무신론자였네. 한때는 긴 직함도 여럿 가지고 있었고 명품샵에 가면 직원들이 허리를 90도로 꺾으며 인사했었지. 어디서 삐끗한 걸까? 어쩌다 여기까지 떨어진 걸까? 이해가 가질 않았어. 그래도 책상머리에만 앉아 있었던 건 아닌지라 사람들을 독려하며 여기서도 아등바등 어떻게든 뭐든 일 궈보려고 했지. 자수성가했던 경험을 바탕으로 다시 일어설 수 있을 거라고 날 다그쳤네. 그러나 몸부림칠수록 찾아오는 건 절망뿐이었어."

루나가 팔을 걷었다. 팔꿈치부터 어깨까지 칼로 그은 흔적들이 보였다.

"죽을 생각은 없었네. 그저 강한 척, 나만 믿으면 다 되는 척, 사람들을 부리던 버릇대로 하다가도 밤이면 판자촌에 사는 것보단 낫다는 걸로 자기만족을 해야 하는, 뚫고 나갈 길이 보이지 않는 벽이 느껴져서 현실을 잊으려고 그었네. 아프면 아프다는 데에 신경이 쏠려 잡생각이 사라지니까. 술보다는 나은 도피처로 삼았던 거지. 자존심은 남아 있어서 보이지 않는 곳에…."

그의 시선이 하이아와 라인을 지나쳐 그만이 보이는 어딘가로 향했다.

"열두 살 아이, 로이의 엄마가 날 찾아왔네. 전담국에 가서 자기 아이라고 말했더니 DNA 검사를 해야 한다고 했다는군. 그런데 친아들이 아니라는 거야. 재혼한 남편의 아이인데, 남편은 죽었고 혼인신고는 하지 않은 사실혼 관계였대. 로이는 출생신고가 된 아이야. 둘이 같은 주소지에서 거주했던 기록도 있네. 그런데도 아이를 보여주지 않는다는 거야. 날 찾아와 도와달라며 울더군."

하이아와 라인은 조금씩 웅장해지는 루나의 기세에 빨려 들어갔다. 루나 지구의 이들이 그를 따르게 만든 내면의 힘이 바깥으로 표출되며 몸에서 빛이 뿜어져 나오는 것처럼 보였다.

"그 순간 내게 닥친 시련의 의미를 깨달았네. 신께서 날 여기로 보내신 거야. 성실하게, 타인에게 해 끼치지 않으며 온전히 내 힘으로 일군 성공이라고 믿던 어리석고 편협하고 오만했던 나에게 깨우침을 주시고, 나락에서 고통 받는 사람들을 일으켜 세울 임무를 맡기신 거야. 우린 라비헴시에 라마스를 우리 땅으로 인정하라고 요구할 걸세. 시에게 베풀어달라고, 이 땅을 달라고 애원하는 게 아니라, 우리가 터전을 일군 우리 땅임을 선언하는 걸세."

라인과 하이아는 더 말을 붙이지 못하고 돌아섰다. 에어카 앞에 당도할 무렵에는 술이 깨는 것처럼 루나에게 압도되었던 마음이 조금씩 가셨다.

"루나랑 이야기할 때는 조심해야 한다니까."

라인이 비몽사몽한 상태에서 벗어나듯 말했다.

"이번 시위는 차원이 다를 거야."

하이아의 목소리가 무겁게 가라앉았다.

루나 지구에는 전직 소방관, 간호사 등등 훈련받은 사람들이 모여 있었다. 루나가 본격적으로 나서기로 한 이상, 저번처럼 무턱대고 덤비는 양상이 되지 않을 것이다.

"국장이 시키니 오긴 왔지만 나도 무슨 명분으로 설득해야 하는지 모르겠어. 루나 말대로 이 사람들 입장에서는 기다리라는 말이 아무것도 하지 말고 간신히 목숨만 이어가라는 말과 다를 게 없잖아."

하이아가 굳은 얼굴로 말했다. 단단한 그녀도 마음이 허물어져가고 있었다. 루이제 조에 대한 내사는 예상대로 좋지 않은 방향으로 흘러가고 있었다.

"루이제 조가 진짜 구속되면 경찰 일, 계속 할 수 있을까?"

"난 계속해."

라인이 굳건하게 말했다. 하이아가 라인과 눈을 마주했다. 한쪽이 흔들리면 다른 쪽이 잡아주며, 서로가 서로에게 버팀목이 되어 함께해 온 관계가 주는 힘이 하이아를 붙들었다.

두 사람은 하이드와 폴리를 만났다. 푸른리본에서 이번 시위를 어떻게 대처할지 듣기 위함이었다. 폴리는 얼마 전에 불기소 처분을 받고 풀려났다.

하이드가 먼저 입을 열었다.

"처음에는 말리려고 했지만 불가능하다는 걸 깨닫고 위에서 정신없이 논의 중이에요. 동참한다와 빠진다가 치열하게 각축전을 벌이고 있죠. 더 위에서는 어떤 게 더 이득일지 계산 중일 테고요. 저는 라마스에 가 본 적이 몇 번 안 돼요. 제 일은 다른 쪽이다 보니…. 하지만 시위에는 찬성해요. 적극적으로 요청하며 싸우지 않으면 아무것도 달라지지 않으니까요."

"저는… 위험하니까 말리고 싶었지만…. 루나는 자원봉사자를 질색해요. 대가 없이 일하는 사람들이니까 자신들의 처지를 각인시키는 존재인 거죠. 루나는 수혜자가 되는 걸 전력으로 거부해요. 시위를 막을 수 없다면 푸른리본에서도 함께해서 피해를 최소화하는 방법을 찾아야 한다고 생각해요. 저도 시위에 참여할 거고요."

한숨으로 시작한 폴리의 말은 결의로 끝났다.

"날짜는 정해졌나요?"

라인이 물었다.

"아직요. 하지만 신고해서 합법적 시위로 갈 거예요. 루나를 만나셨죠?"

"네."

하이아와 라인의 표정을 본 폴리가 자기도 안다는 듯 턱을 주억거렸다.

"라마스에서는 종교에 의지해 자신을 지키려는 사람들을 종종 볼 수 있어요. 루나처럼 카리스마가 있는 사람이 종교적 황홀경까지 경험했으니 막기 어려울 거예요. 저도 휩쓸렸었거든요. 며칠 전 루나를 만나고 돌아오며 직장을 그만두고 라마스 일에 헌신하는 걸 진지하게 고려했어요."

"안 그러신 이유는요?"

하이아가 물었다.

"고양이요. 만성 기관지염에 시달려서 병원비가 꽤 들거든요. 덕분에 정신이 돌아왔죠. 너무 빠져들었다는 자각이 들더라고요."

폴리가 하하 웃었다.

"루나가 무신론자였다는 걸 이번에 알고 놀랐습니다. 원래도 종교인 같은 느낌이 있지 않았나요?"

하이드가 말했다.

"저도 무신론자였다는 말에 의아했는데, 극과 극은 통하는지도요⋯."

라인이 읊조렸다.

"왜 자기에게 이런 일이 닥쳤나 계속 의문을 품고 있었던 거죠. 그러다 절망을 시련으로 수용하고 바뀌지 않을 고된 삶을 사명으로 승화시키며, 지금 상황에 대한 합리화이자 아름다운 해답을 만들어낸 거라고 보지만⋯. 전 종교인이 아니고 그런 황홀경을 체험해 보지 못했으니 섣불리 말하긴 어렵네요. 그래도 기왕 시위를 할 거면 루나가 나서는 게 질서를 유지하기에는 좋을지도 몰라요."

하이드가 말했다.

"더 과격해질 수도 있죠. 하이드, 폴리, 뭐든 알게 되면 공유해주세요. 우린 라마스 시민들을 지키려는 겁니다. 경찰의 일을 하려는 거예요."

라인이 간곡하게 부탁했다.

"루나는 시민단체를 불신해서 말을 아끼지만⋯ 뜻은 알겠어요. 위험한 기미가 보이면 뭐든 말할게요."

폴리가 진지하게 응했다.

✦

두 사람은 함께 하이아의 집으로 돌아왔다. 라인이 사는 오피스텔은 세바스찬사의 청소 시스템을 사용하는 걸 반대하는 주민으로 인해 공사가 중단되어 있었다. 자동 청소 시스템이 있는 건물이 입주가 잘 되고 집값도 오르는 데다 라마스 출신 청소부는 불안하니 시스템을 쓰자는 쪽과 아동 성매매범이 만든 시스템을 쓸 수 없다는 쪽이 팽팽하게 맞섰다. 라인은 한참을 고민한 끝에 반대에 투표했다.

"마음이 이상해. 자동 청소 시스템은 청소부를 라마스로 몰아냈어. 난 세바스찬 체포 작전에도 참가했잖아. 그런데도 바로 반대표를 못 던지겠는 거야. 어쨌든 건물주가 설치하기로 밀어붙이면 도리 없지만…."

라인이 침대에 모로 누우며 말했다.

"잠만 자다시피 해서 겨우 버티는 공간이지 둘이 지내기엔 좁잖아. 결혼할 때 그 집이 빨리 나가는 게 좋으니까…."

하이아가 옆으로 와 누웠다.

"생각하고 있는 거야?"

라인이 반색했다.

"응?"

하이아의 당연한 일 아니냐는 표정에 라인은 어깨를 흔들며 쿡쿡 웃었다. 약혼하고 3년이 지나도록 막상 식은 올리지 못하니 관계가 정체되는 느낌이었다. 하지만 하이아는 역시 하이아였다.

"지금도 하루 종일 같이 있는데 결혼은 뭐가 다른 거지 싶기는 해."

"부부는 주택 보조금이 나와!"

라인이 다급하게 말했다.

"그거 갚아야 하는 빚이잖아."

"그래도 둘이 일하면 돈이 더 빨리 모일 거야. 경찰국에서 멀어져도 전세로 구하면 월세가 안 나가니까."

"빚을 지는 게 돈이 덜 든다는 거… 이상해."

"그래, 그건 확실히… 이상하다."

"그런데 한가해지는 날, 결혼하기 좋은 날이라는 게 올까? 곧 대규모 시위가 열릴 거고 시위가 발생하면 체포되는 사람들이 생기니 그 사람들 조사에… 그러고 나면 또 무슨 일이 터질지 모르지."

"뭐든 그 일을 하기에 딱 좋은 때라는 건 없는지도 몰라. 결정하고 헤쳐 나가야 하는 순간들이 있을 뿐. 나는 시청에서 혼인 신고로 대신하는 것도 좋아. 가까운 사람들 불러서 밥이나 먹고."

"그건 아버지가 절대 반대하실 걸."

"아…."

리안 박사에게는 외동딸이자 유일한 가족이니 성대하지는 않아도 제대로 된 결혼식을 바라는 게 당연한 일일 것이다.

"그럼…."

어쩌면 좋을지 궁리하던 라인이 말을 거는데 하이아는 어느새 잠들어 있었다. 라인은 빙그레 웃고는 하이아의 이마에 살짝 입 맞췄다.

"잘 자, 하이아."

그들은 두 시간 뒤 긴급 호출에 잠에서 깼다. 한 시간 뒤 그들은 슈트를 입고 덧신을 신고 비닐장갑을 낀 채 세바스찬의 조각난 시신 앞에 서 있었다. 폭사였다. 폭발과 동시에 화재경보기가 작동되었고 자동 소화장치에서 소화약제를 뿌려 현장은 피와 살점과 약제로 뒤범벅이었다. 범인 또한 현장에서 즉사했다. 흩어진 시신의 잔해에서 보이는 손과 발의 크기로 보아 대략 열 살 전후로 추정되는 아이였다.

"전에도 데려온 적이 있을까?"

라인이 운을 뗐다.

"아닐 것 같아. 로스트 지구는 한 걸음 마다 하나씩 감시카메라가 있잖아. 특수 코팅한 차 내부는 카메라에 잡히지 않는다고 해도 실내에도 카메라가 많으니…. 저번에 미행당한 일로 차라리 집이 낫다고 여긴 것 같아."

"몸을 철저히 수색했을 텐데 어떻게 폭발물을 가져온 거지?"

하이아는 기체분석기를 돌렸다. 곧 폭발물의 성분이 나왔다.

"액체 폭탄이다. 애가 사전에 마시고 온 거야!"

마스크를 뚫고 들어오는 피비린내와 액체 폭발 잔여물의

매캐한 냄새 사이에 비참한 기운이 감돌았다. 세바스찬을 죽이는 것 외에 다른 방법이 없다는 절망과 극한의 분노가 만들어낸 현장이었다.

"새끼여우인가? 전에도 새끼여우 무리를 건드린 적이 있는 걸까? 그런데 돈을 안 주거나 폭력적으로 굴었나?"

새끼여우가 이전에 변절자나 폭력적인 사람을 자폭으로 응징했던 터라 하이아는 감식반에게 현장에 있는 물건은 사소한 것 하나 남기지 말고 수거하라고 말했다.

"존재조차 불분명한 무리니… 그 아이들이야말로 전담반이 필요해."

라인이 괴롭게 말했다. 결코 익숙해질 수 없는 게 아이의 시신이었다. 토호 지구 영상소를 조사한 뒤에도 한동안 잠자리가 괴로웠다.

"분석팀에 보내면 액체 폭탄이 체내에서 융합하며 폭발하기까지의 시간을 알 수 있을 거야. 최소한 어디서 삼켰는지 범위는 좁힐 수 있겠지. 지금 시간을 전후로 근방의 감시카메라를 다 조사해야 해."

라인이 사건에 집중하려고 노력하며 말했다.

하이아는 마치 밀실처럼 창문 하나 없는 방을 둘러보았다. 들어오는 입구는 평범한 벽으로 꾸민, 철저하게 숨겨진 공간이었다.

"문제는 여기가 사생활에 목숨 거는 사람들이 모인 로스트 지구라는 거야. 감시카메라를 내놓게 하기도 어렵겠지만 파장도 만만치 않을 걸…."

　세바스찬의 저택 부근에서 사는 사업가, 연예인 등의 변호사가 갖은 사유를 대며 수색영장에 대해 이의를 제기했다. 몬드리안의 힘만으로는 역부족이었다. 다행히 제니스 시의원이 적극 협조하며 밀어붙였다. 그는 직접 세바스찬이 폭사당한 방의 사진을 들고 언론과 인터뷰를 했다. 아이와 놀아주기 위해 데려온 거라고 주장하기에는 지나치게 비밀스러운 공간이었다. 공격적인 방어를 하는 로스트 지구의 협조를 얻기 위한 강경책이었다.

　감시카메라 영상을 내주기 싫은 한 배우가, 세바스찬은 가여운 아이에게 밥 한 끼 주려던 것뿐일 수도 있는데 증거 없이 아동 성범죄자로 몰아간다는 내용을 자기 SNS에 올렸다가 대중의 공분을 샀다. 개봉 예정이었던 그의 영화, 광고하는 제품에 대한 불매운동이 거세게 일어났다. 반면 자기 집 앞에 설치된 감시카메라의 영상을 모두 즉시 제공한 가수의 음원, 광고하는 제품은 불티나게 팔리기 시작했다. 대중의 반응에 즉각적인 영향을 받는 연예인들은 집 앞을 비추는 감시 카메라 영상을 제공하지 않을 수 없었다. 그러지 않을 경우 영화나 뮤직 비디오, 시상식 등에서 어린아이와 눈인사하는 모습, 머리 한 번 쓰다듬은 장면이 돌아다니며 눈빛이나 손이 닿은 곳이 이상하다는, 즉, 아동 성범죄자라는 의혹이 따라붙었다. 사업가들 또한 불매운동에서 자유로울 수 없었다. 누군가는 '개념인'으로 뜨고 누군가는 '성범죄충'으로 낙인 찍혔으며, 감시 카메라를 분석하는 과정에서 비밀 연애와 불륜이 들통나기도 했다. 올림포스는 갖은 루머와 소식에 비난과 칭송을 섞느라 바빴고 언론 매체들도 단어만 순화할 뿐 비슷한 소식들을 끝 없이 게재했다.

사이버 부서의 세바스찬 사건 담당자들은 아예 그의 저택 에 자리를 잡고 시스템을 뚫는데 사활을 걸었다. 다행이라면 세바스찬은 사람 고용인을 최소한으로 썼다는 데 있었다. 고 용인들은 세바스찬의 눈에 띄지 않는 곳에서 장비 점검 등 기 본적인 일만 했다. 즉, 그의 범죄 행각에 동조하는 바람에 처 벌이 두려워 증거를 인멸하려는 사람이 없었다. 하지만 잠금 장치 해제에서 난항을 겪었다. 세바스찬의 잠금장치는 오른 손 정맥 인식이었는데, 오른손은 형체도 남아있지 않았다.

몬드리안은 의료국에 영장을 보내 그의 건강검진 결과를 받았다. 세바스찬의 정맥을 재구성하기 위해 영화 특수분장 팀에 의뢰가 들어갔다. 그들은 의료 정보와 인터뷰 등에서 촬 영된 손을 토대로 작업을 시작했다. 아동 부서, 사이버 부서 전원이 이 일에 매달렸다.

세바스찬사의 로봇은 전 세계로 팔려나갔고 50여 개국에 그의 자동 청소 시스템을 사용하는 건물들이 있었다. 각국에 서 취재진이 몰려왔다. 누가 흘렸는지 라마스 전담국장과 현 장 팀장의 대화 녹취록이 언론으로 새어나갔다. 순차적으로 철수시켜야한다는 현장 팀장의 말을 국장이 거부한 정황이

드러나며 국장은 직위 해제되었다. 그러나 세바스찬 사망 보도 이후 분노가 극에 달한 라마스 사람들은 거기서 만족하지 않았다. 누구 하나 본보기 삼아 죽여서 라마스의 입을 다물게 하려는 의도로 아이인 줄 알면서도 발포했다는 주장까지 나왔다.

시위 당일이 밝았다. 오전 9시에 라마스에서 중앙광장까지 행진이 시작될 예정이었다. 라마스부터 중앙광장까지 일정한 간격으로 진압로봇이 서 있었고 하늘에서는 경찰 드론들이 날아다녔다. 경찰 드론 외에는 모두 금지해 언론사도 드론을 날릴 수 없었다. 이로 인해 경찰국과 시 당국에 항의가 빗발쳤다. 시장은 중앙광장에서 연설을 하겠다고 선언하며 광장에만 일부 언론에 드론을 허용했다.

몇 명이 나올지 가늠하기 어려운 시위대를 상대하는 것만으로도 버거운 가운데 시장 경호까지 맡아야 하니 경찰로서는 죽을 맛이었다. 라마스 전담국 또한 투입될 터이나 전담국에 대한 반발이 거센 상황이라 시위가 더 격해질 수도 있었다.

"이 와중에 연설이라니, 막무가내에는 답이 없네."

"세바스찬의 클라우드에서 뭐가 나올지 불안한가 보지?"

"유착했겠지. 증거가 없었을 뿐. 이제 다 털리게 생겼으니…. 시장이 잘생긴 데다 한 언변 하잖아."

"말 몇 마디로 뒤집힐 상황인가?"

"인터넷 접속해 봐. 옹호자들이 얼마나 많은데?"

"알바지. 라마스 사람들 댓글 알바 꽤 한다? 자기들 까는 댓글을 직접 달아."

"너무 뭐라 그러지 마. 사흘을 굶고 알바 자리 있다기에 갔더니 댓글 알바였다는 사람 만난 적 있어. 그 사람 표정이 잊히질 않네."

"다 알바겠냐. 알바가 저렇게 진심으로 달려들겠어?"

온라인에서는 헨리 행크스를 두고 익명의 사람들이 익명의 사람들을 상대로 자기만의 기준으로 상대를 적과 아군으로 나누며 설전을 위한 설전을 벌였다.

"사이버 부서에서 세바스찬의 시스템을 뚫지 못하리라고 확신하고 정면으로 맞서겠다는 거 아냐? 혹시 사망할 경우 클라우드 자동 삭제를 우려해서 사망 등록부터 막았잖아."

경찰들이 수군거렸다.

하이아와 라인은 진압로봇 테스트 링크를 마치고 사무실로 돌아왔다. 짐이 통화 중이었다.

"야야, 좀 진정해. 나 근무 중이야. 오늘 시위라 정신없어. 이따 전화… 설마 이 시간에 술 마신 거야? … 일단 마음을 가라앉히고…. 아니, 물론 네 잘못 아닌 줄 알지. …신입?"

짐이 끊긴 전화를 보다 머리를 짚었다.

"신입이야?"

라인이 물었다.

"응, 겨우 끊었네."

"혹시 자동 녹음 기능 써?"

하이아가 짐에게 다가갔다. 신입이 고래고래 악을 쓰는 바람에 하이아의 귀에도 신입의 목소리가 들렸다. 흥분한 상태라 정확히 들린 건 아니나 얼핏 마음에 걸리는 단어가 있었다.

"그게… 뭐, 홧김에 하는 소리지."

짐이 통화 내용을 재생시켰다.

"전담국을 만든 건 시장이야. 강제로 사표 쓰게 하고… 그게 왜 내 책임이야? 난 매뉴얼대로 했을 뿐인데! 내 손도, 손도 도로 가져가고… 원래 쓰던 손 중고로 팔았는데… 그보다 못한 손 겨우 구해서… 내 인생은 이제 끝이야!"

"…잠깐, 진정해."

"시장 죽이고 나도 죽을 거야!"

"술 마셨어."

짐이 별 일 아니라는 투로 말했다.

"술 마신 것 같지 않아. 난 불안한데…."

하이아가 팔짱을 꼈다.

불안정한 목소리, 거친 호흡, 절제되지 않은 언어들…. 짐의 말대로 최근 겪은 일들로 인해 일시적으로 감정이 격해진 것일 수도 있지만 아니라면? 영웅으로 추앙받다 빌런으로 낙인찍혔다. 전담국으로 이적했다가 권고사직 당했다. 옮긴 이유 중 가장 중요했던 의수는 반납해야 했다. 소화하고 극복할 새 없이 단기간에 몰아친 일이었다.

하이아는 통화 내용을 다시 들었다.

"내 인생은 이제 끝이야! 시장 죽이고 나도 죽을 거야!"

"죽을 사람은 그냥 죽어. 이렇게 동네방네 안 떠들어. 시장 암살이 말처럼 쉬울 것 같아?"

짐이 말했다.

"자살하려는 사람들은 어떤 식으로든 주변에 암시를 해. 난 심상치 않게 들려. 신입 이름이 뭐였지?"

라인의 말에 5초간 정적이 이어졌다.

"크리스 리커먼!"

짐이 가까스로 기억해냈다.

하이아는 크리스 리커먼을 검색했다. 어깨너머로 검색 결과를 본 라인의 몸에 힘이 들어갔다. 둘은 바로 국장실로 갔다.

"크리스 리커먼의 카드 사용 내역을 추적할 수 있게 영장을 발급해 주십시오. 긴급입니다."

라인이 통화 내용을 재생했다. 다 들은 국장이 깍지를 낀 채 둘을 응시했다. 수면 부족으로 실핏줄이 터진 붉은 눈으로 인해 몬스타라는 그의 별명이 유독 어울려 보였다.

"올림포스, SNS, 개인 페이지 할 것 없이 온 사방에 시장에 대한 비난이 올라오고 있어. 똑같이 폭사시켜야 한다, 화형을 시키자, 등등. 그 사람들을 다 살인 용의자로 조사할 셈인가?"

"크리스는 홧김에 하는 소리 같지 않습니다."

"크리스에 대해 동정적인 여론이 있네. 전담국에 들어간 지 고작 일주일 된 신입에게 모든 책임을 뒤집어씌웠다고, 매뉴얼대로 한 게 무슨 죄냐고 말일세. 라비헴만이 아니라 전 세계에서 경찰국과 전담국을 지켜보고 있어. 전담국 내부 통신 내역이 기자에게 흘러간 줄 몰라? 경찰국에서 크리스를 괴롭힌다는 기사라도 나면 책임질 텐가?"

"정말 암살 기도가 일어나면요? 크리스는 경찰국과 전담국에서 다 일했기 때문에 양쪽의 주파수, 내부 지침 등을 모두 알아요."

하이아가 눈보라를 뚫고 전진하는 히말라야 등반가처럼 목소리를 냈다.

"총기를 구입한 내역이 있나? 조회해 봤겠지?"

"없었습니다. 하지만 경력을 보니 드론 선수 출신입니다."

"사고로 손을 잃으며 은퇴했지. 통화에서도 원래보다 못한 의수로 바꿨다잖나."

"원거리 저격은 쇼를 할 정도의 정밀한 움직임까지는 필요 없습니다. 목표물을 설정하면 조준은 자동이니까요. 영장이라도 내주십시오. 미심쩍은 걸 구매했는지 확인이라도 해볼 수 있게요."

라인이 설득했다.

"무슨 근거로 영장을 발급하라는 거지?"

"촉이 안 좋습니다."

하이아가 대답했다.

"촉?"

'고작해야 촉 따위로 가뜩이나 정신없는 판국에 영장을 내달라고?'가 압축된 말이었다. 하이아는 뒷걸음질치고 싶어지는 발을 있는 힘껏 지탱하며 말했다.

"전 자살 기도 사건에 두 번 투입되었습니다. 그중 한 명은 고층빌딩 꼭대기에 올라 자기가 왜 죽으려고 하는지 스피커까지 설치해서 연설을 했어요. 그 사람의 말투와 분위기가 겹쳐요. 극단에 몰린 사람 특유의… 그러니까…."

추위에 혀까지 굳어버린 듯 하이아는 말을 맺지 못했다.

"확신하나?"

국장이 음산하게 물었다.

"확신하는 건… 아닙니다."

하이아는 앞으로 국장실에 올 때는 패딩을 입으리라 다짐했다.

국장은 영장을 신청했다. 하이아와 라인은 크리스의 카드 사용 내역을 조회했다. 소형 드론, 스프링, 나무못 따위였다.

"이 정도면 사제 총을 만들기에는 충분해."

라인이 말했다.

"원거리 저격을 할 정도는 아니야. 당일에 시장 가까이 접근하는 게 불가능하다는 정도는 알 거야."

하이아가 미간을 좁혔다.

"드론 선수 출신이잖아. 기존에 쓰던 장비가 있지 않을까?"

"나무못, 스프링, 다 완구용품이야. 국장이 가택수색영장까지 내주진 않을 것 같은데…."

"한때 동료가 실직했어. 위로차 방문한다고 이상할 건 없잖아."

라인의 말에 하이아가 그렇지, 라는 표정을 지었다. 두 사람은 헤렌 수이에게 가서 상황을 설명했다.

"행진 시작까지 두 시간인데 크리스의 집에 다녀온다고?"

"우리 진압로봇은 광장에 있어. 라마스에서 광장까지 오는데 4~5시간은 걸려."

"전용기, 비전용기를 따질 때가 아니야. 위급 상황이 발생하면 라마스에 있는 기체에라도 링크해야 해. 사람이 직접 조종하는 기체 수를 늘려야 한다고."

"두 시간만 줘. 행진 시각까진 돌아올게."

하이아가 말했다.

"국장이 너희 빠진 거 눈치 채면? 나한테 몬스타 뒷감당을 맡길 셈이야? 맨 입으로?"

라인이 마른세수를 했다.

"게임센터 크레디트카드 남은 게 있는데…."

"3천 미만으로는 어림없어."

"그건 넘을 거야."

"그래야지."

헤렌이 씩 웃어 보였다.

하이아와 라인은 하이플라이에 올라 크리스의 집으로 갔다. 오피스텔 입구에서 그가 사는 호수를 눌렀으나 반응이 없었다. 전화도 받지 않았다.

"전화를 꺼놨어."

"집에 없는지, 있는데 문을 열어주지 않는 건지…."

둘은 건물에서 몇 걸음 떨어져서 지켜보았다. 잠시 후 누군가가 나오며 문이 열렸다. 하이아와 라인은 그 틈에 안으로 들어갔다. 그들은 크리스의 집 도어벨을 누른 뒤 문에 귀를 가져다댔다. 벨소리가 나면 도어폰을 확인하기 마련이었다. 하지만 안에서는 아무런 인기척이 없었다.

"집에 없나?"

하이아는 전자자물쇠를 뚫어지게 바라보았다. 라인이 피식 웃었다.

"문 딸 줄 알아?"

"모르지. 안다 해도 영장 없이 따면 안 되고. 후…."

드론을 개조했다면 집에서 했을 것이다. 안에 증거가 있을지도 모르는 데 닫힌 문을 앞에 두고 할 수 있는 일이 없었다.

이어폰을 꽂은 하이아가 짐에게 받은 통화내역을 재생했다.

"무슨 소리가 들려."

"잡음 제거 앱을 써 봐."

라인도 앱을 가동시키며 말했다.

"어? 이거 들어본 소린데…."

하이아는 앱을 조절해 귀에 꽂힌 소리를 남기고 다른 소리를 지웠다.

"이거 방송사 드론 소리 같은데? VEG 방송사가 자체 제작한 드론 쓰잖아. 거기 소리가 좀 독특하지 않았어? 경찰 드론이며 진압로봇은 새벽부터 준비되었어. 크리스도 모를 리 없지. 저격할 위치에 미리 가 있는 걸까? 거기서 전화를 걸었을지도 몰라. 방송국 드론은 중앙광장에서만 날릴 수 있잖아."

"잠깐 외출했을 수도 있고."

둘은 30분을 기다렸지만 크리스는 귀가하지 않았다. 8시 20분이었다. 9시까지 복귀하려면 서둘러야 했다.

"그냥 외출했던 거고 짐의 말대로 홧김에 떠든 소리면 삽질 한 번 하는 거지. 하지만 진짜 저격을 시도하는 거면…."

하이아는 펼쳐진 책을 읽듯 라인의 마음을 읽었다.

"그래, 뭐, 깨질 땐 깨지더라도 해 보자."

두 사람은 헤렌에게 연락해 크리스의 부재와 녹음된 통화에서 들린 방송국 소리를 알렸다.

"그래서? 홀로그램 가수 팬들이 행진에 동참하는 모양이야. 자기네 가수는 열두 살 아이 사망 사건에 아무 잘못 없다는 걸 표명하고 싶은 거지. 현재 라마스 앞에 모인 인파가 50만… 이제 60만이군. 시위 인원이 계속 늘어나고 있어. 라마스 안에서도 사람들이 나오며 행진을 준비해. 최소 100만 명이 행진할 거야."

"뭐? 그래도… 조금만 조사할 시간을 줘. 크리스가 중앙광장에 있을 지도 몰라. 하지만 거기 건물이 한두 개가 아니란 말이야. 범위를 좁혀야 해."

"크리스가 시장을 암살 시도하리라는 거 확실해?"

"경찰 일에 확실한 게 어딨어? 의심이 가면 조사해 보는 거지."

하이아가 목소리에 힘을 주었다.

"몬스타 부장에게 너희가 부재 중인 게 들키지 않으리라는 것도 불확실해?"

"…그건 99퍼센트 확실해."

하이아와 라인은 헤렌에게 카시오페아 식당의 저녁 코스 이용권을 선물하기로, 그리고 3시까지 복귀하기로 했다.

"나도 아직 너와 못 가 본 식당인데…."

허탈하게 웃은 라인과 하이아는 가까운 카페로 가서 크리스의 선수 시절 이력을 검색했다. 충동적으로 벌이는 일인 만큼 이미 아는 곳을 저격 장소로 잡을 확률이 높았다. 하지만 시장은 중앙광장에서 연설하는데, 드론 시합은 주로 공원이나 바닷가, 호숫가에서 열려 공간이 겹치지 않았다.

"무슨 시합이 이렇게 많아?"

라인이 기함을 토했다. 공식 시합만 해도 한 해에 50여 개가 열렸고, 일반인도 참여 가능한 작은 시합도 많았다. 정기적으로 개최하는 주최 측도 10여 곳에 이벤트 성으로 열리는 것까지 포함하자 검색할 자료가 기하급수적으로 늘어났다. 크리스가 귀걸이 사건 이후 SNS를 닫아 정리된 이력이 없었다.

대체로 10위 안팎에 머문 지라 유명한 선수도 아니어서 더 찾기 어려웠다. 시간은 점점 흐르는데 단서가 될 만한 건 나오지 않았다.

"시합 많이 나갔네."

"나갈 수 있는 곳은 다 나간 모양인데? 열정적이었어."

경찰국에 있을 때 크리스는 눈에 띄는 사람이 아니었다. 주어진 일은 그럭저럭 해냈지만 적극적으로 나서지는 않았다. 팔을 잃고 의수로 대체하며 선수 생명이 끝났다. 먹고 살기 위해 경찰이 되었고 취직했으니 일한다는 느낌이었다. 하이아는 그가 준우승한 시합에서 성화처럼 트로피를 들어 올리며 환호하는 영상을 잠시 바라보았다. 얼굴의 모든 근육이 다 웃는 데 쓰이고 있었다. 낯선 얼굴이었다. 아무리 일이라도 타인의 과거를 파헤친다는 건 유쾌한 일이 아니었다.

알고리즘을 따라 올림포스를 뒤지던 라인이 하이아에게 링크를 보냈다. 원거리에서 구급헬기가 날아오는 모습을 찍은 영상이었다.

"중앙광장이네?"

링크를 확인한 하이아가 말했다.

"3년 전 연말 이벤트로 열렸던 시합이야. 도심이지만 날이 날인지라 특별히 허가했던 거지. 크리스가 여기서 팔을 다쳤어."

쇼를 하던 드론이 충돌해 크리스가 추락하는 자기 드론을 받으려다 다쳤다는 설과 이상이 있어 점검하다 폭발했다 등등 몇 가지 가설이 댓글에 적혀 있었으나 그뿐이었다.

"그 무렵에 사건이 많았어. 다리 폭파 테러 사건도 있었지. 그때 유령은 씨를 만났고 말이야. 우리가 약혼한 걸 바로 알아보고…."

라인이 까마득하게 느껴지는 과거를 불러냈다.

"응, 시위에 잉꼬부부로 유명하던 영화배우 커플 이혼에…. 이 정도 사건은 묻힐 만했네."

하이아도 관련 기사를 검색해봤으나 드론 행사 도중 한 선수가 부상당했다며 도심 드론 시합의 위험성을 설파하는 기사가 전부였다. 라인은 구급헬기를 찍은 영상을 최대한 확대해서 살폈다. 구급헬기에 같이 탄 사람이 입은 옷이 단체복 같았다. 라인은 해당 날짜의 영상을 검색해서 같은 옷을 입은 사람들을 찾았다.

"이거 중앙광장에 있는 빌딩 단체복이야! 이날 건물 입주민들 간 줄다리기 시합이 있었어. 시에서 고독사 방지 차원에서 입주민들 간에 유대관계를 만들어보려는 행사 같은 거 열잖아. 그 일환이었나 봐."

"크리스의 구급헬기에 같이 탔다면 친구인 건가?"

두 사람은 줄다리기를 하는 영상에서 어렵게 건물 이름을 찾아냈다.

"가자."

두 사람은 하이플라이에 올랐다. 문제의 건물은 상가 겸 오피스텔로 자동 청소 시스템으로 교체하느라 상가는 임시

휴업했고, 입주민들은 집을 비운 상태였다. 당연히 현관은 잠겨 있었다.

라인은 건물 이름을 헤렌에게 보냈다.

"여기 건물주에게 협조 구할 수 있을까? 안을 조사해 봐야겠는데?"

"오래 걸릴 거야. 일단 복귀해. 링크할 준비해야지."

"지금 복귀하면 크리스를 막을 수 없어."

"크리스가 진짜 시장을 저격하려 할 때 이야기지. 라인, 하이아 복귀해. 이건 상관으로서 명령이야."

라인은 턱을 물었다. 이대로 돌아가기에는 찝찝했지만 시위가 시작되면 한 명이 귀하다는 건 경험으로 알았다.

"알겠…."

막 대답하려는데 하이아가 어깨를 쳤다. 그는 하이아의 시선을 따라갔다. 건물 위쪽이었으나 라인이 봤을 때는 아무 움직임이 없었다.

"글라스에서 확대 기능을 써서 잠깐 위를 훑는데 23층의 블라인드가 움직였어. 안에 누가 있어."

"하이아 리안, 라인 킬트! 명령이라고 말했어."

"알겠어. 딱 하나만. 지금 이 건물 주위에 있는 경찰용 드론 영상을 확인해 줘. 광장 방향으로 23층에 사람이 찍혔는지, 그게 크리스인지만. 크리스가 아니면 바로 갈게."

"…좋아, 이게 마지막이야."

헤렌이 확인하기를 기다리며 두 사람은 건물을 한 바퀴 돌왔다.

"…조사하라!"

"진상! 규명!"

"아이의 시신을 어머니에게!"

"행크스와 세바스찬의 유착 관계를 철저히 조사하라!"

"조사하라!"

시민들의 구호가 들리기 시작했다.

"벌써?"

라인의 얼굴이 굳었다.

"오후 2시 40분이다. 올 때가 됐네."

하이아가 신음처럼 말했다.

"국장이 우리가 없다는 걸 모르길 바라면 안 되겠지…."

"링크자 명단 뜨잖아. 시말서로 끝날까?"

하이아가 뒷감당이 걱정되는 얼굴을 했다.

"감봉으로만 끝나도 다행일 것 같은데…."

"크리스가 맞다 해도 건물엔 어떻게 들어가지?"

하이아는 뒷일에 대한 생각을 버렸다.

"크리스였어?"

"확실하진 않아. 그런데 날 보고 뒤로 물러선 것 같은 느낌이었어."

"원래 우릴 알던 사람이라 알아봤다? …층수는 어떻게 센

거야?"

하이아의 허벅지까지 내려오는 긴 금발머리는 확실히 멀리서도 눈에 띄기는 했다.

"10층마다 검은 줄 있잖아. 입주민이면 그렇게 도망치듯 물러설 필요 있을까? 잠깐 필요한 물건을 가지러 온 김에 창문으로 행진 구경을 할 수도 있는 거잖아."

"크리스가 여기 비밀번호를 어떻게 알고?"

"그거야… 뭐 방법이 있었겠지."

"크리스가 맞다고 치면… 우리는 어떻게 들어가지?"

두 사람은 뒷문을 확인했다. 당연히 잠겨 있었다.

시위 선봉대가 건물 앞까지 왔다.

"행크스를 조사하라!"

"유착 관계를 조사하라!"

"조사하라!"

"아이의 죽음의 진상을 밝혀라!"

"밝혀라!"

"라마스 시민들도 시민이다!"

"시민이다!"

"생존권을 보장하라!"

"보장하라!"

라인은 경찰 서버에 접속했다.

"하이아, 시위 인파가 500만 명을 넘어섰어!"

500만 명이 지르는 함성과 구호가 라비헴을 뒤흔들었다. 홀로그램 가수의 팬들은 각기 자기 가수가 인쇄된 옷, 스카프, 깃발을 들고 나왔다. 시민단체, 예술가, 지역 모임, 취미 모임, 학부모 모임 등도 깃발을 제작해 창처럼 치켜들고 걸었으며 소속 없이 혼자 참가한 이들도 목청껏 고함을 질렀다.

"생존권을 보장하라!"

사전에 근처 건물에 자리 잡은 기자들, 시민들이 대포 같은 카메라를 들고 촬영을 하느라 빛이 번쩍였다. 하이아와 라인은 정문 현관 아래로 들어갔다. 여기서 둘이 갈라지면 다시 합류하기도 어려웠다.

헤렌에게 연락이 왔다.

"…이야."

하이아는 고개를 저었다.

"안 들려!"

전화를 끊은 헤렌이 문자를 보냈다.

[건물주가 라비헴 시민이 아니야. 시차 때문에 거기는 새벽 2시고. 연락이 안 닿아.]

이어 헤렌이 보낸 영상에서 아래를 살피다 마치 무언가에 놀란 듯 블라인드를 내리는 사람이 보였다.

"창문의 형태를 봐. 복도 창이 아닌 오피스텔 창문이야. 실내에서 야구모자를 눌러쓰고 선글라스에 마스크를 꼈어. 크리스가 아니더라도 수상쩍어."

하이아는 경찰국 내부 앱에 들어가 문제의 창문에서 중앙광장에 마련된 연단을 연결해 살폈다.

"위치가 절묘해. 가리는 게 없어."

그는 헤렌에게 문자를 보냈다.

[건물에 들어가야 해!]

[시위 인원이 500만이 넘었는데 라비헴에서부터 합류한 사람들 때문에 더 늘고 있어. 국장은 지금 전체를 통제하느라 바빠. 영장을 발부할 새가 없다고.]

곧 헨리 행크스 시장이 시민 여러분 앞에서 직접 이야기를 할 예정이니 모두 질서를….

중앙광장 곳곳에 설치한 스피커에서 안내 방송이 나왔다.

"시장이 곧 단상에 올라올 거야. 부숴야 하나?"

하이아가 정문 앞에서 말했다.

"안 돼! 사람들이 흥분했어. 우리가 소란을 일으키면, 시위가 폭동으로 변하는 건 한순간이야."

라인이 막았다. 하이아는 시위 인파를 살폈다. 아직까지는 질서정연했다. 그러나 시위 때를 노려 가게 출입구를 부수고 물건을 훔쳐가는 이들이 있었다. 거기에 합류하는 사람들이 생기면 삽시간에 사태가 험악해진다. 500만 명이 중앙광장을 중심으로 빽빽하게 밀집해 있었다. 폭동으로 번지면 주변에 큰 피해가 가는 데다 사망 사고로까지 이어질 위험이 높았다.

존경하는 라비헴 시민 여러분, 저는 저에 대한 루머와 의혹에 맞서기 위해 이 자리에 섰습니다.

"우우우우우우우우우우우우우우우."

시장이 단상에 오르고 건물마다 있는 스크린에 그의 얼굴이 뜨고 목소리가 나오는 순간 격렬한 야유가 해일처럼 이어졌다.

하이아의 손목에 진동이 느껴졌다. 헤렌이었다.

[suchaholiday 건물 비번이야. 지원은 불가능해. 별도 주파수를 보낼게.]

하이아가 라인의 어깨를 쳤다. 귀를 먹먹하게 하는 야유로 인해 대화는 불가능했다. 하이아가 키패드를 건드리자 자판이 떴다. 비번을 입력한 하이아와 라인이 안으로 들어갔다. 공사 중이라 승강기는 정지 상태였다.

"미치겠네, 23층을!"

둘은 허벅지에 힘을 주고 달렸다.

"우우우우우우우우우"

"살인마!"

"우리도 시민이다!"

"라마스도 라비헴이다!"

"아이를 살려내라!"

"진상! 조사!"

"경찰은 행크스를 체포하라!"

"체포하라!"

야유, 갖은 욕설, 비난 섞인 구호가 건물을 흔들었다.

하이아와 라인은 가쁜 숨을 몰아쉬며 계단을 올랐다. 10층을 지나자 라인과 하이아의 간격이 벌어졌다. 라인이 입술을 훔쳤다. 입안에서 쇠 비린내가 났다.

"정말이지, 체력도 좋아."

그는 위를 보며 읊조렸다.

라인이 가까스로 23층에 도착하자 문제의 호수 앞에 있던 하이아가 눈짓했다. 둘은 문 양옆에 붙었다. 라인이 호흡을 가다듬기를 기다려 안면과 목소리 변환기를 가동한 하이아가 벨을 눌렀다. 안에서 명확한 인기척이 느껴졌다.

"공사 중인 건물입니다, 안에 계시면 안 됩니다."

"아, 예, 저 잠깐 필요한 물건만 가지고 나가려고요."

크리스의 목소리였다. 두 사람의 솜털이 비쭉 일어섰다.

"안에 있는 인원을 확인해야 해서요. 지침이 그렇습니다. 잠깐 열어주시죠. 확인만 하고 바로 가겠습니다. 30분 뒤에 다시 체크하러 올 테니 그때까지는 나가 주세요."

"예, 예."

문이 열리기 무섭게 두 사람은 문을 밀며 들어갔다.

"오지 마요!"

거실에 있던 크리스가 자기 머리에 총구를 가져갔다. 원거리 리모컨으로 문을 열었던 것이다. 창문에는 경찰 드론을 본 뜬 드론이 놓여 있었다. 밑면에 사제 총이 장착된 게 보였다.

"크리스…."

라인이 그를 불렀다.

"신입, 신입 하더니 이제야 이름을 불러 주네요?"

"그래, 넌 한때 경찰국 신입이었어. 총은 네게 있지. 결정은 네가 하는 거야. 하지만 한때나마 동료였잖아. 적어도 이야기는 나눌 수 있지 않을까?"

하이아가 차분하게 말했다.

"무슨 이야기요?"

"뭘 하려는 건지…."

"짐에게 다 말했어요!"

"우리에게 다시 말해 봐. 들어줄게."

라인이 거들었다.

"시장을, 시장을 죽일 거야."

크리스가 한 걸음씩 드론 가까이 갔다.

"이유가 뭔지 물어도 될까?"

"몰라 물어요? 세바스찬이 죽어서야, 애가, 어린애가 액체 폭탄을 삼켜서야 그자의 아동 성범죄가 세상에 드러났습니다. 행크스와의 유착 조사도 시작되었죠. 하지만 행크스는 빠져나갈 겁니다. 세바스찬도 죽지 않았다면 빠져나갔겠죠! 시장도 죽어야만 조사든 뭐든 되는 거라고요! 이 외에 다른 방법이 없는 거야!"

감정이 끓어오른 크리스의 손이 덜덜 떨렸다. 하지만 머리를 겨눈 총은 내리지 않았다.

"난 전담국이 좋았어요. 거긴 성별, 나이, 외모, 장애에 따른 시선이 없어요. 각자 칸막이를 친 공간 안에서 일하니까. 의논도 다 온라인, 텍스트로 진행하고…. 새 의수는 진짜 손의 83퍼센트까지 구현한 거였는데…. 그런데…"

선글라스와 마스크로 가려져 표정은 알 수 없었으나 목소리만으로도 그의 내면에 있는 동요를 읽을 수 있었다.

"내 인생은 끝났어요. 라비헴을 떠나도 소용없어. 그놈의 인터넷이 안 깔린 곳이 있습니까? 한 번 신상이 털린 사람은 영원히 박제되는 거예요! 그러니 기왕 망한 인생, 시장을 죽이고 가겠다는데, 그게 왜?"

"모든 사람이 다 널 비난하는 건 아니야. 네 잘못이 아니었어. 신상이 공개된 사람을 위한 구제 프로그램이 있어."

라인이 말했다.

"완벽한 비밀은 없습니다. 누군가 날 알아볼 거예요. 한 명이라도 알아보는 순간 끝이라고요! 다 라마스 전담국을 만든 행크스 때문이야!"

존경하는 라비헴 시민 여러분, 저는 제 결백함을 오늘 이 자리에서 공표하며…. 무도한 자들이 절 음해하는 것에 맞서서 정의가 살아있음을….

"지가 결백하다잖아! 목표 설정은 마쳤어요. 버튼만 누르면 끝입니다."

이제 크리스는 팔만 뻗어 버튼만 누르면 드론을 날릴 수 있는 거리에 도달했다.

"솔직히 말해 봐요. 세바스찬의 방어벽, 못 뚫고 있죠? 경찰이 뭘 할 수 있습니까?"

"네가 살인자가 되지 않게 할 수 있지. 크리스, 제발 총을 내려 놔. 네 입으로 하지 않겠다고 말해."

우는 건지, 웃는 건지 크리스의 어깨가 격렬하게 흔들리기 시작했다.

"열두 살이었대요, 열두 살이었다고요! 내가 죽인 게 아니라고 말해 봐요!"

크리스가 버튼을 향해 손을 뻗었다. 그 순간 그의 몸이 허물어졌다. 창밖에서 대기 중이던 잠자리 크기의 드론에서 마취바늘이 발사된 것이다. 하이아와 라인의 글라스를 통해 현장 상황이 모두 헤렌 수이에게 전송되고 있었다.

다급하게 달려간 라인이 크리스의 목에 꽂힌 바늘을 뽑았고, 하이아는 드론과 조종기를 치웠다.

"괜찮아, 잠든 거야."

라인이 핏기가 가신 얼굴로 말했다.

"이건 뭐야?"

하이아가 처음 보는 드론을 보며 물었다.

"세바스찬사에서 만든 인질 사건용 신형 드론이야. 인질범에게 몰래 접근해서 마취시키는 용도로 마취 바늘을 장착했지. 테스트 중인 제품이었는데 위급상황이라고 받아왔어. 상용화하기엔 소음 크기가 부적합했는데 현장이 워낙 시끄러워 가능했지."

헤렌이 대답했다.

"하…."

하이아와 라인은 복잡한 눈빛을 주고받았다.

구급에어카가 날아왔다. 하이아와 라인은 들것에 크리스를 단단히 묶고 창문을 통해 구급에어카로 들여보냈다.

시위는 밤 10시 경 자발적으로 해산되었으나 다음 날 다시 열릴 예정이라고 했다.

그날 새벽 3시 24분에 세바스찬의 클라우드 방어벽이 뚫렸다. 현 시장인 헨리 행크스만이 아니라 전 시장과 돈을 주고받고, 돈을 세탁한 내역까지 상세하게 정리된 파일이 있었다.

제니스가 새 시장으로 선출된 날, 라비헴은 축제 분위기였다. 세바스찬과 행크스의 유착 관계가 드러나 조사하는 과정에서 그가 라마스 사람들을 이용해 마약을 판매한 경위와 대마 재배지도 찾았다. 공연장 건설업자와의 유착 관계도 밝혀져 줄줄이 검찰로 송치되고 있었다.

네로의 정체는 끝내 밝혀지지 않았다. 사이버 부서에서도 사실상 포기 상태였다. 그와 행크스가 관련이 있는지에 대해서는 의혹만 있을 뿐 증거가 없었다. 헨리 행크스의 구속에 반대하는 집회에서 그의 추종자들은 그 점을 들어 부당 수사라고 주장했다.

"마약과 뇌물은 증거가 나왔다고. 사람들이란 아무리 증거를 들이대도 믿지를 않는다니까."

짐이 올림포스를 검색하며 헛웃음을 지었다. 하이아가 그의 자리로 왔다.

"크리스는 좀 어때?"

짐은 자주 크리스를 면회하며 그를 챙기고 있었다.

오피스텔의 집주인은 크리스의 생존확인 파트너였다. 생존확인 파트너는 대체로 한 달에 두 번 정기적으로 서로에게 생존확인 문자를 보냈다. 약속된 날에 문자가 오지 않으면 연락해 보고, 답이 없으면 집으로 찾아가 생사를 확인했다. 사망했을 경우 가족이 있으면 연락하고 가족이 없으면 장례를 치러주었다. 그걸 위해 서로의 집 비밀번호를 공유했다.

"반쪽이 됐더라. 변호사가 심신미약을 주장하고 있는데… 결과는 두고 봐야지. 우리 팀에는 어쩐 일이야?"

"어, 헤렌이랑 잠시 할 이야기가 있어서 들렀어."

"라인이 팀장이 됐는데 괜찮아?"

"응?"

"밖에서는 남자친구인데 여기서는 상사잖아. 으, 이래서 사내 연애는 골치 아파."

"1년 반 선배여서 내 사수였는걸."

"그랬어?"

"아, 헤렌 왔다. 또 봐."

"어."

헤렌이 사무실에 오는 모습을 본 하이아가 그에게 다가갔다.

"인수인계 관련해서 할 이야기가 있다고?"

"응."

헤렌은 몇 가지 질문을 했고 하이아는 대답해 주었다.

"참, 이제 묻네. 그때 건물 비번은 어떻게 안 거야?"

"세 다리 건너면 다 아는 사람이라잖아. 경찰국 내부 SNS에 올렸더니 친구의 친구가 산다더라."

"헤에? 그 난리 속에서도 SNS를 하는 사람들이 있었다고?"

"그럴 때일수록 들여다보라고 있는 게 SNS 아니겠어? 다 됐어, 와 줘서 고마워."

"응…."

미묘한 표정으로 돌아서려는 하이아를 헤렌이 씩 웃는 얼굴로 붙들었다.

"라인이 라마스 부서 팀장이 되었는데 내가 아무 말도 안 하니까 오히려 불안해?"

"으음…."

하이아는 차마 부정하지 못했다.

"뭐, 경력이 앞서니 최소한의 명분은 있는 거지."

"라비헴 경찰국에는 라인과 내가 먼저 왔어. 하지만 우리 팀 팀장은 너야."

"그거야 내가 워낙 유능해서고."

"그만큼 노력했지. 네 불만, 동의해. 사람들은 종종 그래도 예전보다는 많이 나아졌다고 하지. 여자는 아예 경찰이 되지 못했던 때도 있었으니까. 하지만 현재를 사는 우리는 현재의 불평등을 보게 되는 거지."

"그래, 그렇지…. 아, 이따 회식 오지? 정신없을 때라 라마스 부서로 가는데 송별회도 못했잖아."

"응, 갈 거야."

헤렌은 하이아의 뒷모습이 사라질 때까지 바라보았다.

"빈손으로 오진 않을 것 같네. 흐응…. 그래, 뭐. 너의 선택이니…."

라마스 전담국은 해체되었다. 소수의 특별한 기술이나 경력을 가진 사람은 경찰국에 스카우트 되었으나 그 외에는 모두 기껏 얻은 직장이 공중분해된 것이다. 제니스는 헨리 행크스의 뒤치다꺼리를 하지 않겠노라 못 박았다.

루이제 조에 대한 내사는 종결되었으나 그는 복귀하지 않겠다는 뜻을 밀고 나갔다. 몬드리안은 경찰국 내에 라마스를 전담하는 부서를 신설했다. 팀장은 라인, 부팀장은 하이아였고 아동부서, 사이버부서에서 몇 명이 차출되었다. 신입 경찰도 뽑을 예정이었다. 라마스 전담국 출신 중 지원한 이가 있었다. 하이아와 라인은 전담국 출신이라는 이유로 편견을 갖고 싶지 않았다. 전담국의 방식에 반대한 이들도 있던 터라 오히려 의욕을 갖고 이 일에 임할 수도 있었다. 하지만 전담국 출신을 뽑으면 팀워크에 문제가 생길 가능성이 높았다.

"팀장이 되니 생각할 일이 많아지네."

라인이 뒷머리를 긁었다.

그들은 루나를 만나러 갔다. 라마스와 관련된 일을 하려면 루나, 푸른리본과의 협력은 필수였다.

"어째 북적인다?"

하이플라이에서 내리며 라인이 말했다.

"응, 기자가 많이 보이네."

세바스찬의 사망에 이어 행크스의 마약 밀매, 두 사람의 유착 관계는 전 세계의 취재진을 라비헴으로 불러들였다. 그들은 라마스를 집중 취재했다.

루나 지구의 입구에서 작은 소란이 일고 있었다.

"글쎄 루나 씨는 인터뷰 안 한다니까 그러네. 당장 카메라 치워요! 우리에게도 초상권이 있어! 여기가 당신들 구경거리인 줄 알아?"

"우린 구경거리 삼으려는 게 아니라…."

"입만 살아 가지고… 결국 당신들 좋을 대로 편집할 거잖아!"

루나 지구 사람들이 입구에서 기자들과 실랑이를 벌이고 있었다.

"이쪽으로 와요."

하이아와 라인을 알아본 주민이 그들만 안으로 들여보냈다. 두 사람은 평소보다 더 차갑게 분노한 루나를 마주해야 했다.

"제니스는 당선된 즉시 라비헴의 뜨거운 감자인 라마스 진화에 나섰지. 로이의 유해를 돌려주고 장례식에 참석하고…. 라마스 사람들은 그에게 기대를 걸고 더 이상 시위에 나서려 하지 않아. 공중화장실을 지어준다, 출생신고를 할 수 있는 창구를 만든다, 탈 많은 배급표 대신 지문 인식으로 구호품을 나눠 주겠다 운운하며 시에서 할 수 있는 한 지원하겠다고 하지. 지문 인식은 인조 피부로 쉽게 위조할 수 있다는 건 넘어가지. 본질적인 문제는 다 헛소리라는 거야! 번드르르한 말뿐. 결국 아무것도 하지 않겠다는, 우리보고 닥치고 이대로 살라는 이야기야. 아파트 거주자의 인터뷰를 봤나?"

"보긴… 했습니다."

언론사에서 세라의 가구를 집중 취재해 특집으로 보도했었다.

"어땠나?"

답이 정해진 질문이었다. 그의 답에 동의하지 않는 것도 아닌데 하이아와 라인은 유도되는 기분에 입을 다물었다. 루나가 답을 말했다.

"그 아이들이 얼마나 필사적으로 살아가고 있는지 자네들은 알겠지. 그런데 그 방송사는 라마스 사람도 열심히 살면 제대로 된 삶을 살 수 있다는 식으로 포장해서 내보냈어. 유리 대신 아크릴을 단 집이 그리 좋아 보이던가? 그 아이들이, 그 아이들의 아이들이, 라마스를 벗어날 수 있을 것 같아? 그 아이들을 고용한 미용실 사장을 굳이 라마스 출신을 쓰는 사람으로, 아주 천사로 그리더군. 미용사는 아직 기계가 대체하지 못한 영역이지. 라마스 출신이 아니면 그렇게 싼 값에 쓸 수 있을 것 같아? 그쪽도 득보고 하는 일이야! 그러다 사장이 마음을 바꾸면? 아파트를 관리하는 갱단이 갑자기 월세를 올려달라고 하면? 벼랑 끝에 서 있는 건 똑같아! 하다못해 무력으로 아파트 단지를 지배하며 멋대로 세를 받는 갱단이라도 축출해야 하는데, 제니스가 할 수 있을까? 아니 할 의지가 있나?

제니스는 라마스 문제를 본질적으로 해결할 생각이 없어. 얼마 전에는 뭐라더라? 문화정책을 쓰겠다?

자네들, 라마스가 얼마나 많은 라비헴 사람들을 먹여 살리는지 아나? 지금 복지단체마다 인문학 수업을 열겠다, 아이들에게 미술 교육을 제공하겠다, 박물관과 미술관 견학을 시킨다며 각종 프로그램을 열고 시의 지원금을 받아내기 위한 경쟁에 몰두하고 있지. 프로그램 이름마다 희망은 꼭 따라다니지. 라마스가 절망적이라고 말하는 것과 뭐가 다른가?"

그는 멀리 보이는 방송국 차량을 보며 비릿한 웃음을 지었다.

"신문사, 방송사, 다큐멘터리 감독, 화가, 만화가, 소설가까지 라마스를 찾아 와. 짧게는 며칠, 길게는 몇 달 머물다 가겠지. 전시회를 열고, 책을 내고, 상영회를 하고, 상을 받는 이들도 나올지 모르지. 그래서? 그게 라마스에 무슨 도움이 된다는 건가? 슬럼에 대한 다큐멘터리, 영화, 책, 만화가 없어서 전 세계에 아직도 슬럼이 이렇게 많을까? 슬럼에서 사는 사람이 무려 45억이야! 인구의 반 가까이가 슬럼에서 살고 있어. 이 비율은 늘어나면 늘어나지 절대 줄어들지 않아."

"루나 씨의 요구사항은 뭡니까?"

"내 요구사항은 전부터 말해왔네. 현재 사는 주거지를 거주자의 집으로 등록해줄 것, 라마스에 상가를 열게 해 줄 것, 현찰을 통용시킬 것. 집은 사람의 생존에 있어서 가장 기본적인 바탕이 되지. 우리에게는 라마스 내 중개인에게 돈을 줘가며 얻는 일자리가 아닌 합법적인 일자리가 필요해. 라마스는 신용불량자가 태반이고, 출생신고조차 되지 않은 이들이 널려 있지. 현찰을 통용하게 해줘야 해. 종이 배급표는 나눠주고 현찰은 안 된다? 어린애 장난하나? 지금처럼 카드나 사이버 페이만 사용하면 최저임금도 주지 않는 사장, 멋대로 자르는 이들에게 대항할 방법이 없어. 지금 방식으로는 라마스는 계속 세금충이라는 소리를 듣게 될 거네. 이곳을 도시 개발하듯 개발하면 우리도 세금을 낼 수 있네."

루나와 헤어진 하이아와 라인은 하이플라이에 올랐다. 라마스의 입장에서 보면 타당한 주장이었다. 하지만 라비헴에서 공식적으로 현찰이 사라진 지 10년이 넘었다. 그전에도 극소수의 사람들만 어쩌다 썼다. 이제 와서 라비헴에서 현찰을 통용시킬 수 있을까?

아파트를 불법으로 점거하고 세를 받는 갱단을 뿌리 뽑아야 했다. 하지만 그들은 중무장하고 있었고 상대하려면 이쪽도 사상자를 각오해야 했다. 무엇보다 라마스에 사는 사람들부터가 다 비허가 토지를 무단으로 사용하고 있는 실정이었다. 어디서부터 어떻게 해야 할지 까마득한 일이었다.

하지만 최근 방송에서 다루는 라마스의 모습을 보면, 루나의 우려가 아주 헛된 건 아니었다. 방송에서는 판자촌에서 사는 사람들의 극단적인 상황을 보여 주며 그들을 도움의 손길이 절실한 가련한 이들로 비추는 한편으로 무기력과 체념에 빠져 아무것도 하지 않고 어쩌다 일거리가 생겨 계좌에 돈이 들어올 때마다 술을 마시며 탕진하는 사람들로 그렸다. 그러면서 세라의 가구처럼 혈연이 아닌데도 가족관계를 이루어 협력하며 사는 사람들을 인터뷰해 특집으로 내보내며, 은연중에 게으른 사람과 노력하는 사람들로 양분하고 있었다. 비참하게 사는 사람들은 게으르기 때문이라는 논리를 펼치는 것이다.

하이아도 방송 화면에 나온 세라의 집을 보고 그 집이 맞나 일시 정지하고 확인했을 정도였다. 분명 세라의 집이 맞았다. 연출의 힘은 놀라워 여느 집과 다를 바 없는 따뜻한 집으로 보였다. 함께 사는 이들의 인터뷰도 특정 대답을 유도하진 않았으나 미화되었다는 생각을 지울 수 없었다. 세라는 나름의 통솔력으로 구성원들을 이끌고 있었으며 가구원은 젊은데다 건강하고 운도 따랐다. 예외적인 경우였다.

하이아와 라인이 다음에 만날 이는 폴리와 하이드였다. 아동 문제를 다루려면 특히 폴리의 도움이 필요했다. 주차장에 하이플라이를 착륙시킨 뒤 하이아가 말했다.

"우린 도대체 뭘 해야 하는 거지? 국장 말인데, 우리에게 무슨 일을 시키는지 본인은 아는 거겠지?"

"나야말로 그랬으면 좋겠네."

라인이 땅이 꺼져라 한숨을 쉬었다.

카페에 들어서자 하이드와 폴리가 반갑게 손을 흔들었다. 1~2인석으로 구성되어 있어서 넷이 앉으려면 탁자와 의자를 당겨 합쳐야 했다.

"저희도 새끼여우에 대해서 이전에 말씀드린 것 이상 아는 건 없어요. 그때 세바스찬의 집에서 죽은 아이에 대해서는 더 알아낸 게 있나요?"

폴리가 물었다.

"아니요. 액체폭탄은 최소 2시간 전에는 삼켰을 거라고 합니다. 에어카로 이동한지라 범위가 너무 넓어요. 감시카메라가 없는 토호 지구에서 데리고 나왔고, 세바스찬이 그 아이를 택한 이유도, 경로도, 알 수가 없어요. 아이를 데려온 차는 무인 에어카고 블랙박스는 꺼져 있었어요."

라인의 목소리에는 힘이 하나도 없었다. 폴리가 공감하는 얼굴로 그를 바라보았다. 그 또한 아동보호소에서 일하며 화재 현장을 바라보는 어항 속 금붕어처럼 무력한 기분을 수시로 느꼈다.

"할 수 있는 한 도울 테니 뭐든 필요한 건 말씀하세요. 보호소를 확장해서 수용할 수 있는 아동의 수를 늘리려고 해요. 요즘은 모금이 잘 되거든요. 얼마나 갈지 모르겠지만…."

"라마스 부서는 정확히 무슨 일을 하죠?"

하이드가 물었다.

정곡을 찔린 하이아와 라인이 무의식적으로 그의 시선을 피했다. 하이드가 쓰게 웃었다.

"몬드리안 국장이 의욕적으로 시작했지만 뭘 어떻게 할지 구체적인 청사진은 나오지 않은 거군요. 이해합니다. 엉망으로 엉킨 실타래 같은 곳이라 어디서부터 어떻게 손을 대야 할지 막막하죠. 저는 저대로 방법을 찾아봤어요."

"어떤 방법이죠?"

"일단은 주거예요."

하이드가 글라스를 꼈다. 하이아와 라인, 폴리도 글라스를 꺼내 하이드에게 링크했다. 그들의 앞에 직육면체가 나타났다.

"원룸 오피스텔 전문 건축가의 도움을 받았습니다. 좁은 곳을 효율적으로 구성하는 데 일가견이 있는 사람이죠. 1인, 3인, 5인용의 세 가지 모델을 만들려고 해요. 중급 텐트 가격이면 1인 가구 집을 만들 수 있어요. 다 만든 상태로 이송하고요. 집 크기를 고정해 5인 가구 집 2채 위에 3인 가구 집 3채, 그 위에 1인 가구 집 6채가 올라가요. 증축과 확장이 자유롭죠."

식탁 겸 책상을 접으면 벽에 붙었다. 그러면 침대를 펼칠 수 있었다. 천장에도 수납장이 있는데 간단하게 올리고 내렸다. 마치 변신로봇처럼 요리할 때, 잘 때, 공부하거나 쉴 때 마다 공간이 달라졌다.

"천장 수납장은 층간 소음을 완화시킵니다. 창문은 신소재인데 유리보다 얇으면서 단열이 잘 되고 단단해요. 5인 이상의 가구는 내부에 복층을 만듭니다."

"이걸 그렇게 싼 가격으로 만든다고요?"

"네, 자동화된 공장 시스템의 힘이죠. 푸른리본에서 곧 펀딩을 시작합니다. 먼저 300가구에 제공해 개선점이 있나 살필 거예요. 루나는 자기 지구에 그딴 물건을 들일 꿈도 꾸지 말라고 했지만요."

하이드가 체념 어린 미소를 지었다.

"단점은 없나요?"

"…신소재라… 5천 년은 안 썩을 겁니다."

하이드가 당장은 이게 최선이라는 얼굴을 했다.

"제니스의 정책에 대한 반론은 저도 어느 정도는 공감해요. 하지만 지금 루나의 주장은 지나치게 이상적입니다. 나라

별로 비율은 다르지만 현찰은 없어져가는 추세예요. 저는 루나가 자기 영향력이 감소되는 걸 두려워하는 거라고 생각해요. 자기 구역에서는 자기가 왕이잖아요. 루나 지구가 개중 살기 괜찮은 건 루나가 사람들을 엄격히 선별해서 받기 때문이에요. 라마스에 온지 얼마 안 된 사람들 중에서만 고르죠. 처음에는 재기해보려던 사람들도 좌절이 거듭되다 보면 정신적으로 무너지거든요. 루나 지구는 루나의 카리스마에 기대서 유지돼요. 하지만 루나는 사람입니다. 젊지도 않지요. 사람에 기대어 가는 시스템은 한계가 있어요. 제도를 만들고 보완하며 가야해요."

"완벽한 제도는 없습니다. 행크스도 제니스도 선거에 따라 합법적으로 선출된 시장이에요."

라인이 말했다.

"민주주의의 한계까지 논의가 확장되나요?"

싱긋 웃은 하이드가 말을 이으려는데 폴리가 끊었다.

"자본주의가 잠식한 민주주의에 대해서라면 저도 할 말이 산더미지만, 두 분에게 용건이 하나 더 있는 것 같아서요."

"아…."

라인의 얼굴이 상기되었다. 그는 두 사람의 폰에 무언가를 전송했다.

"청첩장이군요! 라비헴에서 하네요?"

내심 기대했던 폴리가 박수를 쳤다.

"아버지에게 히말라야에서 하려면 1~2년 뒤에나 날을 잡을 수 있다고 하니 라비헴으로 오신대요."

하이아가 말했다. 라인이 갑자기 사레가 들린 듯 기침을 했다. 하이아는 아버지에게 사실을 전했을 뿐이나 리안 박사에게는 선택의 여지를 주지 않은 강수로 다가간 말이었다.

"축하주 해야겠는데요? 제가 괜찮은 와인바를 알아요. 가시죠. 제가 살게요."

"좋죠. 마침 내일은 모처럼 휴일이고…."

태연한 척 응수하는 라인과 하이드 사이에 전기가 튀는 걸 폴리는 흥미진진하게 바라보았다. 하이드는 하이아에 대한 마음은 예전에 접었으나 그래도 일말의 섭섭함을 날리기 위해 사겠다고 말한 것이다. 그걸 읽은 라인이 술만 사고 조용히 사라지라는 눈빛을 쏘고 있었다.

"청첩장을 돌린 사람이 사는 거 아닌가요?"

하이아의 의아해하는 말에 폴리가 큰소리로 웃음을 터뜨렸다.

폴리, 하이드와 헤어진 라인은 하이아를 집까지 바래다주었다. 그가 사는 건물은 자동 청소 시스템으로 바꾸는 걸 취소했다. 최고경영자가 아동 성범죄자임이 만천하에 드러나며 사망해 주가가 형편없이 떨어졌다. 세바스찬사의 주식을 샀던 건물주는 휴지조각이 된 주식에 사색이 되어 건물을 업그레이드할 여력이 없었다.

"곧, 부부가 되네…."

라인이 새삼스레 말했다.

"들어왔다 갈래?"

하이아가 권했다.

"그럴까?"

두 사람은 함께 집으로 들어가 침대를 소파 삼아 나란히 앉았다. 작은 창문으로 라비헴의 현란한 불빛이 들어와 그들 앞에 색색의 그림자를 만들었다.

세상은 언제나처럼 미쳐 돌아가도 사람들은 그 속에서 주어진 하루를, 일상을 살아간다.

《라비헴 폴리스 2049》
설정 소개

기획의도

《라비헴 폴리스》는 웹툰 시대 이전 종이책으로 발매되었던 만화로, 당시 작품의 시작 연도는 2025년이었다. 리디에서 웹툰 형태로 서비스되면서 시작 연도가 2045년으로 바뀌었다. 종이책으로 발매되던 때를 기준으로 약 20년 후를 그렸듯, 이번에도 약 20년 후인 근미래다. 《라비헴 폴리스》는 "시대가 달라져도 사람이 사는 곳은 같다"는 기조로 그려진 따뜻한 작품이다. 가상 도시 '라비헴'에서 살아가는 평범한 사람들의 특별한 이야기를 옴니버스로 그렸다.

《라비헴 폴리스 2049》는 《라비헴 폴리스》의 설정과 인물을 기반으로 한 2차 창작으로, 경장편으로 기획되었으며 등장하는 조직과 지역, 인물을 추가했다. 《라비헴 폴리스 2049》는 웹툰 기준으로 원작이 마무리된 2046년에서 3년이 지난 2049년에서 시작한다. 《라비헴 폴리스》에서 라비헴 경찰국 교통계 소속이었던 하이아 리안과 라인 킬트는 강력계로 갈 마음을 먹는다. 그리고 《라비헴 폴리스 2049》에서 두 사람은 바라던 대로 강력계로 왔다.

등장인물 소개

　《라비헴 폴리스》는 매화 다른 사건을 다루며 옴니버스로 진행되는 한편, 하이아와 라인의 감정과 관계의 변화와 발전이 이야기의 중심축을 이룬다.《라비헴 폴리스》의 후반에서 하이아와 라인은 결혼을 약속한다.

　《라비헴 폴리스 2049》에서는 하이아와 라인이 경찰로서 일하는 모습과 약혼한 뒤 두 사람의 관계를 그렸다. 두 인물의 성격은 최대한 원작에서 벗어나지 않게 하고자 했다.

《라비헴 폴리스》와 《라비헴 폴리스 2049》에 모두 등장하는 인물

하이아 리안 《라비헴 폴리스》《라비헴 폴리스 2049》의 중심인물. 머리를 굴리지 않고 정직하게 사람을 대해 의도치 않게 상대방을 당황시킨다. 다른 사람보다는 조금 늦어도 상대의 말을 진지하게 생각하며 자기 방식으로 답을 찾는다.

라인 킬트 《라비헴 폴리스》《라비헴 폴리스 2049》의 중심인물. 사람에게 차갑던 성격이었으나 하이아와 파트너가 된 뒤 많이 부드러워진다. 준수한 외모로 뭇 여자들의 마음을 흔들었지만 하이아에게 일편단심이다.

헤렌 수이 《라비헴 폴리스》제6화 〈체인징 파트너〉에 등장. 하이아와 라인은 파트너였는데 국장이 파트너를 변경하며 하이아와 헤렌이 파트너가 된다. 《라비헴 폴리스》에서 헤렌 수이는 라비헴에서 잠시 머물다 떠난다.

   《라비헴 폴리스 2049》에서는 헤렌 수이가 라비헴 경찰국으로 돌아온 뒤 팀장까지 오른 상황에서 시작한다. 성격이 강하고 직설적이지만 내심 여린 헤렌 수이의 면모는 그대로 그리고자 노력했다.

폴리 수이 《라비헴 폴리스》제6화 〈체인징 파트너〉에 등장. 헤렌 수이의 언니. 시립 라비헴 아동보호센터 지도 교사. 헤렌과 자매지만 외모와 성격은 상반된다.

   《라비헴 폴리스 2049》에서 폴리 수이는 '푸른리본'이라는 사회단체의 자원봉사자로 일하고, 결혼했다는 설정을 추가했다. 《라비헴 폴리스》에서 3년이 흐른 시점을 시작점으로 잡은 만큼 인물의 변화한 모습을 그려 보고 싶었다.

하이드 엔젤 《라비헴 폴리스》제7화 〈2045년 10월 7일 토요일〉(종이책 〈2025년 10월 4일 토요일〉)과 제8화 〈달 왕복선〉에 등장. 복잡한 상황 속에서 하이아의 약혼자 후보가 된다. 연약하지만 부드러운 이미지의 인물로 하이아에게 진심이 되지만 역설적으로 하이아와 라인이 맺어지는데 일조한다.

   《라비헴 폴리스 2049》에서는 '푸른리본'의 직원으로, 메가슬럼의 문제를 해결할 방도를 찾는 인물로 그렸다.

몬드리안 국장 《라비헴 폴리스》에서는 '몬스타 국장'이라는 별칭만 나온다. 웹툰에서는 '몬스터'로 수정되었으나 《라비헴 폴리스 2049》에서는 '몬스타'를 그대로 썼다. 부하들을 혼내기 위해서라면 퇴근도 기꺼이 미루는 인물.

   《라비헴 폴리스 2049》에서는 등장 비중이 늘어 이름이 필요해졌다. 비중에 맞게 요구되는 면모도 추가했다.

유령은·위린 한 《라비헴 폴리스》제10화 〈2046년〉(종이책 〈2026년〉)에 등장하는 기자. 《라비헴 폴리스 2049》에서도 기자로 등장한다.

짐 체베카 《라비헴 폴리스》제6화 〈체인징 파트너〉에 등장할 뻔했던 인물. 원작에서는 이름만 나오고 인물에 대한 설정이 없어서, 역으로 《라비헴 폴리스 2049》에서 그려나가기 부담이 없어서 선택했다.

✦ 이 외에도 짐 체베카처럼 《라비헴 폴리스》에 단역으로 나왔던 인물들을 《라비헴 폴리스 2049》에 몇 명 조연으로 등장시켰다.

《라비헴 폴리스 2049》에만 등장하는 인물

루나 나이와 신원 불명. 한때 잘 나가던 사업가였으나 몰락의 길을 걷다가 슬럼인 라마스에까지 오게 된다. 리더십이 있던 지도자답게 라마스에서도 사람들을 모아 협력 체계를 일군다.

루이제 조 라비헴 경찰국 내 아동전담반 반장. 아동 범죄를 수사하며 아동 성범죄자를 잡기 위해 사력을 다하는 인물.

세바스찬 로봇청소기부터 군사용 로봇까지, 안 만드는 로봇이 없는 거대 기업의 총수.

주요 조직

《라비헴 폴리스》와 《라비헴 폴리스 2049》 모두 등장하는 조직

라비헴 경찰국 라비헴의 치안을 맡는 경찰국. 《라비헴 폴리스》와 《라비헴 폴리스 2049》의 주요 무대이다.

《라비헴 폴리스 2049》에서 추가된 조직

라마스 전담국 메가슬럼인 라마스를 담당하는 특수조직.

푸른리본 국제적인 사회단체. 주로 슬럼가 복지를 위해 활동한다.

배경 소개

《라비헴 폴리스 2049》에서 추가된 지역

라마스 지구 자금난으로 건설이 중단된 라마스헤븐스카이포소 아파트 단지. 이후 도시에서 밀려난 사람들이 몰리며 메가슬럼화 되었다. 줄여서 '라마스'라 불린다.

아파트 단지 라마스헤븐스카이포소에서 일부분만 지어진 아파트 구역. 전기, 수도, 가스는 들어오지 않지만 튼튼한 벽과 지붕이 있어 라마스 내의 부유층이 산다.

판자촌 라마스헤븐스카이포소의 공원 구역에 생겨난 폐자재로 지어진 집들이 밀집된 곳. 라마스 내의 극빈층이 산다.

루나 마을 루나라는 지도자가 이끄는 마을. 루나는 사람들을 독려해 땅을 갈아 농사를 짓고 공중화장실도 만들었다. 라마스 내에서 사람답게 살고자 노력하는 이들이 모인 곳으로, 라마스 내의 중간층이 산다.

토호 지구 라마스와 중심가 사이에 있는 구역. 라비헴의 중하층이 산다.

로스트 지구 라비헴의 최고 부유층이 사는 곳. 인접한 해변 역시 이들의 사유지다.

작가의 말

1. 순정만화?

순정만화 중 SF 작품을 소설로 2차 창작을 하자는 기획을 제안 받고 뛸 듯이 기뻤다. 음악과 영화는 종종 현대적 해석을 덧입혀 리메이크된다. 순정만화도 그럴 때가 되었다. 지금 다시 읽어도 여전히 울림을 주는 작품들이 존재하기에.

나는 '순정만화 세대'다. '순정만화 세대'는 순정만화와 함께 십대를 보냈다는 뜻으로 내가 만들어 나 혼자 쓰는 말이다. 세월을 이기지 못해 빛바랜 순정만화들, 강경옥 선생님의 출간된 모든 만화가 꽂혀있는 책장은 내 보물이다.

신기하게도 저 제안을 받기 얼마 전부터 순정만화를 꺼내 다시 읽어보고 있었다. 내가 순정만화에서 많은 영향을 받았다는 사실을 인지하며, 이대로 이 작품들이 사라지는 건가, 하는 아쉬움이 밀려왔다. 그런데 그중 단 몇 작품이라도 다시 세상에 이야기할 기회가 온 것이다.

순정만화는 이제는 흔히 쓰이는 분류가 아니다. 순정만화란 무엇인가?

90년대 PC통신의 개막과 함께 많은 논객들이 순정만화의 정의를 내리려 부단히 노력했으나 모두를 만족시킬 속 시원한 정의는 나오지 않았다. '순정'이라는 단어로 인해 '로맨스'에 특화된 장르처럼 보이지만 로맨스가 주요 플롯이 아닌 작품이 상당수 존재한다. 대체로 여성 작가에 의해 여성 독자를 주독자층으로 창작되었으나 남성 작가와 남성 독자의 수도 적지 않았다.

한 장르를 정의 내리는 건 비단 순정만화만이 아니라 SF, 판타지 등등 모두 마찬가지인 바, 나는 편의상 순정만화를 '80년대에서 2000년대 초반에 주로 창작된, 스스로를 순정만화 작가라고 생각한 일련의 작가군이 순정만화 독자를 대상으로 그린 만화'라는 정의로 쓰기에는 모호한 문장으로 대신하고자 한다.

흔히 꽃미남을 만화를 찢고 나온 남자, 만화 속 인물의 현실 버전이라는 뜻으로 '만찢남'이라고 한다. 그리고 이 만화란 보통 순정만화를 뜻한다. 영화에서 선남선녀 배우들을 캐스팅하듯, 순정만화는 선남선녀를 그렸다. 그래서 순정만화를 꽃미남을 주축으로 하는 로맨스 만화로 생각하는 경향이 있다. 그런 작품이 없었다고 말하지는 않겠다. 그러나 순정만화가 나와 내 친구들을 열광시킨 건, 많은 순정만화가 지금 식으로 말하자면 여성 서사였기 때문이다.

교복시절 한 선생님이 자기 친구가 두 살 연하 남자와 결혼했다고 말했다. 여자가 연상인 경우가 극히 드물던 시대였다. 선생님은 친구가 연하 남편에게 깍듯이 존댓말을 쓴다며 대단하다는 말로 이야기를 마무리 지었다. 참고로 남편은 말을 놨다고 했다.

30여 년이 흐른 지금도 기억할 만큼 놀라운 일화였다. 12월 31일에 태어난 사람과 1월 1일에 태어난 사람은 단 하루 차이인데도 호형호제를 해야 할 만큼 나이에 엄격한 대한민국에서, 성별이 나이를 이기고 부인은 남편보다 나이가 많더라도 존댓말을 써야 한다고 아이들을 가르친 것이다. 심지어 여자 선생님이었다.

당시는 부부 관계가 평등하지 않았다. 부인은 남편에게 순종하는 게 미덕이라고 했다. 그런데 부인이 나이가 많으면 '족보가 꼬이는' 것이다. 그래서 동갑 커플도 거의 없었다. 남자가 나이가 많아야 상하관계를 성립하기 편했던 것이다.

영어는 한국어처럼 존댓말과 반말이 명확하지 않다. 그런데 '라떼'는 영어권 영화나 드라마를 번역할 때 남자는 반말, 여자는 존댓말로 번역했다. 군대를 배경으로 한 영화에서 여자가 상사일 때조차 여자는 존댓말, 남자는 반말로 번역했으니 말 다했다.

지금도 그렇지만 그때에는 더욱 더, 거의 모든 드라마, 만화, 영화, 소설 속에서 여자 인물들은 조연이었고 남자 인물들의 조력자였다. 시리즈로 제작되는 영화에서 남자 배우는 그대로 가도 여자 배우는 교체되었고, 남자 배우보다 20~30살 이상 어리기도 했다. 그래도 둘은 사귀었다. 여자가 '어머니뻘'로 연상인 경우는, 내가 세상 모든 영화를 다 본 건 아니니 없다고 단언할 수는 없다는 정도다. 남녀가 함께 진행한 우리나라의 각종 방송 프로그램에서도 남자 진행자는 나이가 들어도 그대로 가면서 여자 진행자는 비정기적으로 젊은 사람으로 교체되었다.

다양한 장르의 영화와 드라마, 만화, 소설에서 남자 주인공은 모험하고, 좌절하고, 극복하고, 성장했다. 여자 인물들은 인질로 잡혀 남자 주인공의 발목을 잡거나 남자를 지지하는 조력자거나 남자를 이해하지 못하고 불만을 쏟았다.

로맨스 장르도 남자 주인공이 얼마나 멋진 사람인가가 핵심이었다. 여자 인물은 남자 인물보다 사회적 지위가 낮고 돈이 없었다. 여자는 남자를 통해 지위가 상승하고 위기 상황이 닥치면 남자가 도와줬다. 그 속에서 순정만화는 예외적인 장르였다. 여자 주인공은 모험하고, 좌절하고, 극복하고, 성장했다. '연속극' 속 여성들처럼 집안일과 남편과 자식에만 매달려 살지 않았고 결혼이 삶의 중요한 목표가 아니었다.

그림자처럼 떼어놓을 수 없는 고독과 공허를 달고 사는 게 인간이라는 존재다. 사랑하는 사람에게 사랑받는 것, 나면서부터 주어진 가족이 아닌 양쪽의 선택으로 일구어나가는 가족의 가치와 위안을 폄하하려는 게 아니다. 다만 여성에게 중요한 건 오직 결혼이고 가족을 뒷바라지 하는 게 가장 중요한 의무여야 한다는 인식이 부당하게 느껴졌다. 가족 내에서 여성은 희생과 헌신의 아이콘이기에 더 그러했다.

나도 그렇게 살아야 한다는 걸까. 본질적으로는 타자일 수

밖에 없는 존재를 위해 살아야 하나?

순정만화는 자기 삶을 살아가는 여성들의 이야기를 다루며 꼭 그러지 않아도 된다고 말해주는 것 같았다. 순정만화의 여성 인물들은 다양한 시간과 공간에서 목표를 위해 매진하고, 격변하는 시대에 휩쓸려 고통 받고, 때로는 육아를 위해 직업적 꿈을 잠시 내려놓기도 했다.

나는 남자 주인공보다 여자 주인공을 좀 더 많이 그려왔다. 몇 번인가 남자 인물을 더 부각시켜 달라는 직접적 요구도 받아봤던 터라 근래 들어 여성 서사에 대한 수요가 느는 게 반갑게 다가왔다. 한편으로 '여성 서사'의 여자 주인공에 대한 틀이 생기는 것 같아 우려스럽다.

《여성작가 SF 단편모음집》에서 심완선 SF 칼럼니스트는 "여성 작가들은 '여성적'이지 않으며 '여자다운' 글을 쓰지 않는다. 자기 자신다운 글을 쓸 뿐이다"라고 썼다. 이 문장을 변주해 인용하자면 이렇다. "여성들은 '여성적'이지 않으며 '여자다운' 삶을 살지 않는다. 자기 자신답게 살 뿐이다."

2. 《라비헴 폴리스》

순정만화 SF 중 재창작하고픈 작품으로 제일 먼저 떠오른 게 《라비헴 폴리스》였다.

이전에 전래동화나 판소리 등을 SF로 재창작하는 기획에서 나는 굳이 먼저 작품을 고르지 않았다. 가급적 다른 작가가 고르지 않을 만한 원작을 고르기도 했다. 하지만 이번에는 제안을 받기 무섭게 답했다.

"《라비헴 폴리스》요!"

나 말고도 《라비헴 폴리스》를 원할 작가가 있을 가능성이 높았다. 선점해야 했다. 《라비헴 폴리스》로 하고 싶었다. 《라비헴 폴리스》여야 했다.

순정만화 중 멋진 SF 작품은 많다. 그런데도 내가 《라비헴 폴리스》를 원한 이유는 교복시절 각인된 한 장면 때문이었다. 강경옥 선생님의 《17세의 나레이션》이라는 작품에서 고등학교 1학년인 주인공은 도입부에서 이런 독백을 한다.

— 그렇게 어떤 시작도 끝도 없이 생활의 중간에 있었다.

갓 청소년 시기에 들어섰을 때의 내 감정, 어느 날 그 시간에 그 나이로 갑자기 세상에 내던져진 것만 같던 막막함, 여러 복잡한 생각들을 저렇게 정확하게 표현한 문장이 있었던가.

어려서부터 책을 좋아했다. 하지만 아동용 소설은 대놓고 교훈적이었다. 어린애들도 교훈을 주기 위해 쓴 이야기라는 건 알아본다. 혹은 특별한 상황에 처한 아이의 이야기라 이야기로서는 재밌었으나 공감하기가 어려웠다. 어른들이 읽는 소설은 플롯과 인물이 복잡해 읽는 즐거움은 주었지만 역시 갓 청소년기에 들어선 내가 이입하기는 무리였다.

그러나《17세의 나레이션》의 저 대사는, 그리고 저 작품의 많은 부분들은, 내가 "어, 이거 내 이야기 같아!"라고 절절하게 공감하게 했다. 내가 순정만화에 빠지게 된 건 어쩌면 저 대사가 시작이었을지도 모른다. 순정만화에서는 공감하고, 이입하고, 동경하며, 열광하게 되는 인물들과 세계가 펼쳐졌다. 그래서 강경옥 선생님의 작품 중에서 하고 싶었고, 그중에서《라비헴 폴리스》를 택했다.

《라비헴 폴리스》는 "시대는 달라도 사람 사는 곳은 같다"는 기조로 그려진 따뜻한 작품이다. 기술은 빠르게 발전해도 사람의 인식은 쉽게 바뀌지 않는다. 마음이 먹먹해지는 이야기도, 잔잔한 웃음을 짓게 만드는 이야기도, 국제적인 범죄자를 쫓는 큰 사건도 있다. 열린 결말이라 뒤를 이어서 써볼 수 있을 것 같았다.

3.《라비헴 폴리스 2049》

자동화 기술, 인공지능은 갈수록 발전하고 있다. 이미 로봇은 많은 직업을 대체했고, 앞으로 더 대체하게 될 것이다.

약 20~30년 전, 어려웠던 시기를 지나 대한민국이 선진국의 반열에 들 즈음에는 기술이 인간의 삶을 편리하게 해 주고, 로봇이 단순 작업을 하는 동안 인간은 창의적인 일을 할 수 있으리라는 낙관적 전망이 지배적이었다. 조부모 세대보다 부모 세대가 대체로 더 풍족하게 사는 만큼, 자식 세대는 부모 세대보다 더 잘 살게 되리라는 낙관론이 팽배한 건 자연스러운 일이었다. 과거에는 미래였던 시간이 현재가 된 지금도, 기술이 인간의 삶의 질을 향상시키고 쉽고 빠르게 더 많은 돈을 벌게 해주리라는 낙관적 전망이 들린다. 그러나 과거와 달리 지금은 저 낙관론에 마냥 동조할 수가 없다. 그 돈을 버는, 발전한 기술의 혜택을 누리는 사람은 누구인가?

근 10년 가까이 간 동물병원이 있다. 나를 보면 고양이가 또 어디가 아파서 왔느냐며 안쓰럽게 맞아주던 분의 자리를 어느 날 매끄러운 기계가 대체했다. 자신과 함께하고 있는 나이든 고양이들을 마지막까지 잘 돌봐주기 위해 일한다던 그분은 지금 어디에 계실까? 다른 일자리를 찾았을까?

지금 사는 동네로 이사 온 뒤 계속 다니던 슈퍼에서 키오스크를 들이며 역시 몇 년간 봐온 분들이 사라졌다. 얼마 전부터 꽤 오랫동안 보지 못했던 기사가 간간이 보이기 시작했다. 편의점에서 햇반 따위를 훔쳤다는 생계형 범죄에 대한 기사였다.

'쉽다', '편리하다'는 건 뭘까? 누구에게 무엇이 쉽고 편리해지는 걸까? SNS에서는 물건을 더 잘 팔 수 있는 방법에 대한 광고와 밥을 굶고 생리대가 없는 아이들을 위한 모금 광고가 뜬다. 광고가 넘치는 시대라 보통은 무의식적으로 지나치지만 가끔은 멈춰서 가만히 바라본다. 나는 지금 어떤 세상에서 살고 있는 걸까. 이 글은 간간이 품어온 의문들이 합쳐지며 시작되었다.

본격적으로 집필에 들어가기 전 종이책 《라비헴 폴리스》를 꺼내서 다시 읽었다. 리디에서 웹툰으로 서비스되고 있는 《라비헴 폴리스》 또한 읽었다. 미세하게 달라진 연출과 대사를 바로 알아볼 수 있는 건 오랜 팬의 특권이었다. 이제 쓰기만 하면 되었다. 그런데 쓸 수가 없었다. 도입부를 집필하기까지 이렇게 오래 헤맨 글이 있었나 모르겠다.

　강경옥 선생님에게 《라비헴 폴리스》 2차 창작에 대한 허락을 얻고 성공한 덕후가 되었다고 기뻐한 것도 잠시 '내가 무슨 짓을 한 건가' 하는 공황에 빠졌다. 다른 작가의 작품을 읽을 때는 독자이나 빈 파일을 앞에 두었을 때는 창작자다. 창작자가 영감에 저항하는 건 불가능하다. 그런데도 나는 머릿속을 맴도는 이야기를 선뜻 글로 옮기지 못했다. 나 자신이 강경옥 선생님의 오랜 팬이기에 혹시라도 선생님에게 누를 끼치는 건 아닐까, 《라비헴 폴리스》의 팬에게 이 이야기가 어떻게 읽힐까, 상상만 해도 아득해졌다. 내가 사랑했던 원작이 영상물 등으로 재창작되었을 때 아쉬웠던 기억들도 나를 움츠러들게 했다.

　결국 빈 파일을 채우기 시작하게 된 건, 그 누구도 강경옥 선생님이 될 수 없다는 당연한 결론 때문이었다. 《라비헴 폴리스》를 가장 《라비헴 폴리스》답게 그릴 수 있는 건 원작자인 강경옥 선생님뿐이다.

　《라비헴 폴리스》를 좋아한 독자분들은 《라비헴 폴리스 2049》를 평행우주 속 다른 이야기로 읽어주시길 부탁드린다. 《라비헴 폴리스》를 아직 접하지 못한 독자분들은 《라비헴 폴리스 2049》가 《라비헴 폴리스》에 대한 호기심을 느끼고 찾아볼 기회가 되길 바란다. 분명 즐거운 독서 경험이 될 것이다.

이 기획을 시작한 전혜진 작가님, 여러 관계자가 얽히고설키는 복잡한 계약을 진행한 현대문학 관계자 여러분, 박현숙 과장님, 역시 사이에서 많은 노력을 기울인 그린북 에이전시의 김시형 실장님, 그리운 임채원 매니저님과 박누리 매니저님에게 감사드린다.

이 글을 쓰며 여러 분들에게 도움을 받았다. 민이안 작가님, 황모과 작가님, 오랜 지인 황상훈님, 보명심님, 박미진님, 밀운님, 이재우님, 김정윤님에게 감사드린다.

이 글을 쓰며 읽은 책은 다음과 같다. 《테러》(공진성, 책세상), 《자살폭탄테러》(탈랄 아사드 지음, 김정아 옮김, 창비), 《하이테크 전쟁―로봇 혁명과 21세기 전투》(피터 W. 싱어 지음, 권영근 옮김, 지안), 《슬럼, 지구를 뒤덮다―신자유주의 이후 세계 도시의 빈곤화》(마이크 데이비스 지음, 김정아 옮김, 돌베개), 《한국의 노숙인―그 삶을 이해한다는 것》(신명호, 정근식, 구인회 엮음, 서울대학교출판문화원).

사족을 덧붙인다. 내가 흠모한 다른 많은 순정만화 작가님들에 대해서 쓰지 않은 건, 다 쓰기에는 지면이 부족하고 누구 하나라도 빠뜨리고 싶지 않았기 때문이다.

부록

Be HOPPY

박애진 작가의 라비헴 월드 상상 플러스가
여러분에게 즐거운 경험이 되기를 바랍니다.

라비헴 폴리스 2049

지은이 박애진
펴낸이 김영정

초판 1쇄 펴낸날 2024년 5월 27일

펴낸곳 폴라북스
등록번호 제22-3044호
주소 06532 서울시 서초구 신반포로 321(잠원동, 미래엔)
전화 02-2017-0280
팩스 02-516-5433
홈페이지 www.hdmh.co.kr

ISBN 979-11-88547-35-7 (03810)